# 廷达里郊游
## La gita a Tindari

[意] 安德烈亚·卡米莱里 著

谷倩兮 译

世界经典推理文库 6

人民文学出版社

著作权合同登记号　图字 01-2016-8875

La gita a Tindari
by Andrea Camilleri
Copyright © 2000 Sellerio Editore，Palermo
Through Agenzia Letteraria Internazionale，Italy
Chinese Simplified edition Copyright © Shanghai 99 Culture Consulting Co.，Ltd.，2017
All rights reserved.

**图书在版编目(CIP)数据**

廷达里郊游/(意)安德烈亚·卡米莱里著；谷倩兮译.—北京：
人民文学出版社，2016
(世界经典推理文库)
ISBN 978-7-02-011766-6

Ⅰ.①廷… Ⅱ.①安… ②谷… Ⅲ.①长篇小说-意大利-近代 Ⅳ.①I546.44

中国版本图书馆 CIP 数据核字(2016)第 139134 号

责任编辑：甘　慧　张玉贞　李　晖
封面设计：高静芳

| | |
|---|---|
| 出版发行 | 人民文学出版社 |
| 社　　址 | 北京市朝内大街 166 号 |
| 邮政编码 | 100705 |
| 网　　址 | http://www.rw-cn.com |
| 印　　刷 | 山东临沂新华印刷物流集团 |
| 经　　销 | 全国新华书店等 |
| 开　　本 | 890 毫米×1240 毫米　1/32 |
| 印　　张 | 8.25 |
| 字　　数 | 177 千字 |
| 版　　次 | 2017 年 10 月北京第 1 版 |
| 印　　次 | 2017 年 10 月第 1 次印刷 |
| 书　　号 | 978-7-02-011766-6 |
| 定　　价 | 38.00 元 |

如有印装质量问题，请与本社图书销售中心调换。电话：010-65233595

书中人名、姓氏（特别是姓氏）、情节，纯属虚构。如有雷同，皆因我想象局限所致。

本书献给奥拉齐奥·戈斯塔，我的良师益友。

# 目 录

| | | |
|---|---|---|
| 一 | 青年之死 | 1 |
| 二 | 巧合 | 16 |
| 三 | 线索追踪 | 30 |
| 四 | 心事 | 46 |
| 五 | 猜想 | 62 |
| 六 | 橄榄树 | 78 |
| 七 | 赴约 | 92 |
| 八 | 两出戏剧 | 107 |
| 九 | 悔恨 | 122 |
| 十 | 录像带 | 138 |
| 十一 | 情诗 | 152 |
| 十二 | 邮折 | 167 |
| 十三 | 农舍寻访 | 181 |
| 十四 | 遗产 | 196 |
| 十五 | 桑树马厩 | 210 |
| 十六 | 轨道之外 | 224 |
| 十七 | 《我，机器人》 | 240 |

# 一 青年之死

他知道自己是清醒的,因为他的头脑运转得很有逻辑,并非游走在荒谬的梦境中。他能听到海浪规律的拍打声,他能感到破晓之前的一缕微风透过敞开的窗户袭来。但是他仍然固执地紧闭双眼,他知道他体内沸腾着的坏情绪在一睁开眼时便会喷发出来,使他做出或说出之后会让自己后悔的蠢事。

海滩上有人吹着口哨。这个点儿,肯定有人要去维加塔干活儿了。那人吹的曲调很熟,但他忘了曲子的名字和歌词。不过,这又有什么关系?反正他自己从来也不会吹口哨,哪怕是把手指插在肛门里也不会。"他把手指插进肛门/吹出尖锐的哨声/这是预定的信号/只有城里的警卫知道"……以前警察学院的一个米兰朋友有时对他哼唱的一个狗屁小调,至今令他印象深刻。因为他不会吹口哨,小学时他曾是小伙伴们最爱愚弄的对象,他们可都是吹口哨的大师,就像牧羊人、水手、登山家那样,他们甚至还会吹出奇特新颖的花样来。小伙伴们!就是他们破坏了他一夜的好觉!上床睡觉前让他想起旧时同学的是报上的一则新闻,查理·米利泰罗,还不到五十岁,就被任命为西西里第二大银行的行长。报纸表达了对这位新行长的诚挚祝愿,并附上了一张照片:不用说,金框眼镜,高级定制的套装,得体的衬衫,精致的领带。一个成功男人,一个上流人物,伟大价值(无论是股市价值还是家庭、祖国、自由的价值)的捍卫者。蒙塔巴诺记得很清楚,这个人不是他的小学同学,而是"六八"学运时期的同志!

"我们会用敌人自己的领带绞死他们!"

"银行只是用来被人打劫的!"

查理·米利泰罗,外号叫作"锤子查理"①,这是因为他总有一副最高统帅的姿态,而且他应对敌人时善用锤子敲击般的言辞,甚至是直接挥拳猛击,他比任何人都态度强硬和意志不屈。为了不养肥国家的烟草专卖商,锤子查理曾强制所有人不吸烟,而大麻,却可以尽情吸食。"国家"这个词是所有人的噩梦,让人们像面对红斗篷的公牛一样暴怒。这些天,蒙塔巴诺想起最多的是帕索里尼的一首诗,诗中他捍卫警察当局,反对聚集在罗马茱莉亚山谷的学生②。那时所有的同学都唾骂这些诗句,蒙塔巴诺却试图为它们辩护:"但是这确实是一首好诗。"要不是别人阻止住锤子查理,他会用那杀人的拳头毁了他的脸的。为什么那时这首诗不会令他不悦呢?难道他在诗中看到了他会当警察的命运?不管怎样,过了多年,他已看到他的同伴们,那些从

---

① 查理·马特,法兰克王国宫相。因为马特这个姓(Martello)有锤子的意思,所以他又被人称作"锤子查理"。而文中提到的米利泰罗这个姓(Militello)又与Martello形似音似。

② 茱莉亚山谷是罗马大学所在地。1968年3月1日,这里发生了大学生示威者和警察的冲突,这次事件是世界性的"六八"运动的一部分,也称为"茱莉亚山谷战役"。在冲突中学生和警察双方都有伤亡。当时,针对这一事件,意大利作家、诗人、导演皮埃尔·保罗·帕索里尼写了一首诗,因为了解这次示威游行背后的根源,帕索里尼在诗中表达了对警察的同情,他把警察称为"穷人家的孩子",把学生叫作"被宠坏的富二代"。

"六八"学运中走出的传奇人物也"理智"起来了。理智着,理智着,那些抽象的愤怒也变弱了,最终安定下来变成切实的顺从。只不过现在,曾经极有自尊的人为了本不是自己犯的,也不是自己授意的罪行承受审讯和十多年的牢狱之苦,还有人被莫名其妙地杀死①,而其他人则活得好好的,雀跃地从左跳到右,再从右跳到左,之后再到右,有人执掌报社,有人领导电视台,有人成了国家的高官,有人成了下议员或上议员。既然他们无法改变这个社会,他们就改变他们自己。或者他们根本就不需要改变,因为在一九六八年,他们只不过是穿戴着革命者的服装和面具演戏而已。前"锤子查理"的任命让蒙塔巴诺不能接受。特别是这件事引发了他别的思绪,这无疑是最麻烦的。

"你难道不也是和你批判的这些人一路货色吗?你现在不也在为十八岁时曾猛烈反抗的国家卖命吗?或者,你不也因为别人赚数十亿,你却只挣微薄的工资而妒火中烧吗?"

一阵狂风刮得窗板咯咯作响。不,就算全能的上帝命令他,他也不会把窗户关上的。法齐奥总是对他唠叨:

"头儿,请原谅我这么说,但您真的是在找麻烦!您不仅住在一个偏僻的房子的一楼,您夜里还开着窗户!如果有人——确实有人想要伤害您,他们可以在任何时候,以任何方式自由自在地进到您家里!"

---

① 作者暗示著名的阿德里亚诺·索夫里(1942— )和马乌罗·罗斯塔尼奥(1942—1988)案件。索夫里是二十世纪七十年代意大利共产党极左翼"继续战斗"派的创始人和前领导人,由于被怀疑在1972年派人谋杀了警官路易吉·卡拉布莱西而被判二十二年徒刑,但索夫里始终坚称他是清白的。马乌罗·罗斯塔尼奥,意大利社会学家、记者,"继续战斗"派的创始人之一,1988年在西西里被黑手党谋杀。

还有一个经常对他唠叨的人是利维亚：

"不，萨尔沃，夜里开着窗户不行！"

"你在博卡达塞不也开着窗户睡觉吗？"

"那有什么关系？我住在三层，而且博卡达塞没有这里这么多小偷。"

因此，当有一天夜里，心烦意乱的利维亚给他打电话，告诉他当她外出时，博卡达塞的窃贼洗劫了她的家时，他甚至默默地感谢热那亚的盗贼①。不过他还是表达了遗憾之情，但不够真诚。

电话响了。

他的第一反应是更加紧闭住双眼，但不行。众所周知，视觉不同于听觉。他本应该堵住耳朵，但他宁愿把脑袋埋进枕头。没用。电话铃声微弱又悠远地继续传来。他骂骂咧咧地起身，走到另一个房间拿起听筒。

"我是蒙塔巴诺。我应该说你好的，但我不说，因为我确实没准备好说。"

电话另一端是长时间的沉默。接着是挂电话的声音。坦率地应对之后，现在该干吗？是回到床上继续想新任的国际银行行长还是锤子查理的时候，曾当众在放满一万里拉面值纸币的果盘上拉屎？还是穿上泳衣在冷水里痛快地游个泳？他选后者，也许游泳能帮他冷静下来。他跳入水中，立刻感到半身麻痹了。他想弄明白以快五十岁的年纪是不是不应该再这么干了？逞能的时

---

① 利维亚居住的博卡达塞是热那亚市的一个区。

日已经不再了。他沮丧地走回房子,还有十来米远的时候,他又听到了电话响。他唯一的选择就是接受现实。首先,他接起电话。

是法齐奥。

"先回答我一件事。你一刻钟前给我打过电话?"

"没有,头儿。是卡塔莱拉打的。但他说您回答他还没准备好。于是我又耗了一会儿再给您打。现在准备好了吗,头儿?"

"法齐奥,大早上的你怎么这么幽默?你在办公室?"

"不,头儿。有人被杀了。被嘣了!"

"嘣了,什么意思?"

"他中枪了。"

"不对。手枪打的是砰,短筒猎枪是嗡,机枪扫射是啦嗒嗒嗒嗒嗒踏,捅刀子要用瑞士的。"

"那就是砰,头儿。就一枪。正中面部。"

"你在哪儿?"

"凶案现场。是这么叫吧?加富尔大街44号。您知道在哪里吗?"

"是的,我知道。他在家里被枪杀的吗?"

"他正要回家。钥匙刚插进大门里就倒在了人行道上。"

可以说一个人被杀得正是时候吗?不,绝不能这么说:死亡就是死亡。然而一个具体的、无法否认的事实是,蒙塔巴诺在开来加富尔大街44号的路上,觉得他的坏情绪一扫而光。投入到一个案子的调查中会有助于赶走早晨醒来之前塞满他脑子的暗黑思绪。

到了地方,他要先从人群中开出一条路来。他们就像是粪便上的苍蝇,曙光微露,一大群激动的男男女女就堵塞了道路。甚至有个小女孩,怀里还抱着个婴儿,小东西睁大了眼睛傻看着这番场景。年轻母亲的教育方式让警长头晕。

"大家散开!"他大吼道。

有些人立刻散开了,还有一些人要靠卡鲁佐推开。可还是能听到一个人的呜咽声,一种痛苦的啜泣。那是一个五十来岁的女人,穿着一身黑色丧服,两个男人拽住她才没让她扑到仰躺在人行道的尸体上,死者的脸由于打在两眼之间的弹孔已变得难以辨认了。

"把那女人带走。"

"但她是他妈妈,头儿。"

"她可以回家哭去。她在这儿只能碍事。谁通知她来的?她听到枪声下来的?"

"不,头儿。她听不到枪声,因为她住在西西里自治大街12号。看来是有人通知她了。"

"那她在家里就准备好,穿好丧服了?"

"她是寡妇,头儿。"

"好吧,有礼貌点儿,但是把她从这儿带走。"

蒙塔巴诺这么说了,就是没希望了。法齐奥走到两个男人旁边,对他们低声说了什么,两个人把那女人拉走了。

警长走到正蹲着看死者头部的法医帕斯奎诺身旁。

"怎样？"他问。

"一点儿也不好。"法医回答道。他比蒙塔巴诺还粗鲁，继续说道："您需要我给您解释整个事件吗？他们只打了他一枪。精确地，额头正中央。子弹把他一半的脑浆都打到脑后了。您看见这些凝块了吗？它们是大脑的一部分。够了吗？"

"在您看来，几点钟发生的？"

"几个小时前。大概四五点钟。"

不远处，瓦尼·阿尔奎阿正在检查一块再正常不过的石头，就像用考古学家的眼睛发现了一个旧石器时代的出土文物。在蒙塔巴诺看来，这位新来的法医头头儿不讨他喜欢，而他的反感也得到了对方的回馈。

"他们用这个杀了他？"警长一脸纯真地指着石头问道。

瓦尼·阿尔奎阿极其鄙视地瞅了他一眼。

"您别说蠢话了！是枪击。"

"你们找到子弹了吗？"

"是的。它射到了关着的大门的木头里。"

"弹壳呢？"

"警长您看，我没有必要回答您的问题。根据警局的命令，调查将由行动队队长指挥。您只需协助即可。"

"那我现在在做什么？我不正耐心地协助调查吗？"

托马赛法官兼公诉人还没到，因此还不能移动尸体。

"法齐奥，阿乌杰罗警官怎么不在这儿？"

"他正赶过来。他在费拉的朋友家睡的。我们已经打手机找到他了。"

在费拉？那他还要花一个小时才能到维加塔。更别说他出现时会是一副什么德行了！困死又累死！朋友，好吧！他肯定和哪个女人共度良宵了，那女人的丈夫也外出在别处鬼混呢。

卡鲁佐走过来。

"公诉人托马赛打电话来了。他问我们能不能派辆车去接他一下。他在蒙特路撒外三公里处撞上了一根电线杆。该怎么办？"

"去接他。"

尼可洛·托马赛很少开自己的车去某个地方的。他开车就像吸了毒的狗一样。警长不想等他。在离开之前，他又瞅了一眼死者。

还是个刚二十岁出头的小孩子，穿着牛仔裤，运动外衣，梳了个小辫，戴着耳钉。鞋子应该花了他全部财产。

"法齐奥，我要去办公室了。你等公诉人和行动队队长吧。再见。"

然而他却决定去港口。他把车留在码头上，开始步行，一步接着一步，沿着防波堤，走向灯塔。太阳已经升起了，呈现出鲜艳的红色，看上去它很满意自己能再一次升起。在地平线上有三个小黑点，那是早出的摩托捕鱼艇。他张大嘴，深深地吸了口气。他喜欢维加塔港口的气味。

"你说什么呢？所有的港口都发出同样的臭味。"有一天利维亚反驳他。

这不对，每个港口都有不同的气味。维加塔的气味是以一种完美的比例将潮湿的绳索、在阳光下晒干的渔网、碘酒、腐烂的鱼、活的和死了的海藻以及柏油混合在一起的味道。而在最深处还有些许汽油。是无法比拟的。走到灯塔下面平坦的礁石之前,他弯下身,捡了一手的卵石。

到了礁石上,他坐下来。注视着海水,他仿佛看到水中模糊地出现了锤子查理的脸。他猛地将手中的卵石扔向那个幻影。幻影被砸碎了,颤动着,消散了。蒙塔巴诺点燃一支香烟。

"头儿,头儿,啊,头儿!"一见他出现在警察局门口,卡塔莱拉劈头就说道,"那个名字后面带个s的拉戴长官给您打过三次电话了,他想要亲自跟您谈,亲自!他说事情非常非常紧急!"

拉戴斯,警察办公室的长官,因为他神经兮兮、油腔滑调的风格所以外号叫作"拉戴斯米埃莱斯①",蒙塔巴诺能猜到他要说什么。

局长卢卡·博奈蒂-阿尔德里奇,维拉贝拉的侯爵后裔,一向是个直率严格的人。蒙塔巴诺从来不把这个职位总是比自己稍高一点儿的上级看在眼里,能吸引他的倒是这人的头发,他的发量非常丰沛,一缕厚实的额发弯曲向上,就像拉在旷野上的一坨人的粪便。发现警长避开了自己的视线,局长误以为他终于令他的下属畏惧了。

"蒙塔巴诺,趁着新的行动队队长艾尔奈斯图·哥利帕乌多上任之际,我最后一次告诉您,您以后只要起到协助的作用就行

---

① 西班牙语 lattes e mieles,意为甜言蜜语。

了。您的部门只需负责一些小事情,大事情就留给哥利帕乌多或他的副手领导的行动队吧。"

艾尔奈斯图·哥利帕乌多。真够传奇的。有一次,这家伙看着被卡拉什尼科夫步枪射死的人的胸部,竟然宣布那人是被连刺十二刀而死。

"对不起,局长,您愿意给我举些实际的例子吗?"

卢卡·博奈蒂-阿尔德里奇心头涌上一股骄傲和满足之情。蒙塔巴诺站在写字台对面他的面前,身体微微前倾,嘴角挂着谦卑的微笑。而且语气几近恳求。蒙塔巴诺已被掌控在自己手中!

"请您说清楚,蒙塔巴诺。我不明白您想要什么例子。"

"我想知道什么事情我应该认为是小的,什么又是大的呢?"

蒙塔巴诺也自鸣得意:他模仿保罗·维拉乔的不朽人物范托齐① 真是不可思议的成功。

"瞧您问的什么问题,蒙塔巴诺!小偷小摸、口角、小规模毒品交易、打架、移民管理,这些就是小事情。凶杀,不行,那是大事情。"

"我可以记点儿笔记吗?"蒙塔巴诺边问边从兜里掏出一张纸和一只油性笔。

局长目瞪口呆地看着他。警长有一刻感到有点儿害怕:也许他做得太过了,对方已经明白了。

然而,没有。局长露出了鄙夷的神态。

"您记吧。"

---

① 乌戈·范托齐是由喜剧演员保罗·维拉乔创造的一个卑躬屈膝、倒霉透顶的电视和电影人物。

现在，该由拉戴斯跟他重申局长的这些强制命令了。凶杀案不在他的管辖范围，是行动队的事。他拨通了警察办公室长官的电话。

"我最亲爱的蒙塔巴诺！您好吗？怎么样？家人好吗？"

哪来的家人？他是个孤儿而且还没结婚。

"所有人都很好，谢谢，拉戴斯长官。您的家人呢？"

"感谢圣母都很好。听着，蒙塔巴诺，关于昨晚在维加塔发生的凶杀案，局长先生……"

"我已经知道了，长官。我不用再操心了。"

"哦，不！谁说的！我给您打电话就是因为局长先生希望由您来负责。"

蒙塔巴诺略感惊愕。这是什么意思？

他还不知道死者的身份。敢不敢打赌他们发现了被杀的小孩是某个重要人物的儿子？难道他们要往他身上安疥疮？不是个烫手的山芋，而是个烧红的木块？

"对不起，长官。我是去过凶案现场，但还没开始任何调查。您明白，我并不想践踏别人的领地。"

"我非常理解您，蒙塔巴诺！感谢圣母，在我们警局能有如此通情达理之人！"

"为什么哥利帕乌多不负责这事儿？"

"您什么都不知道？"

"一点儿也不知道。"

"好吧，上星期哥利帕乌多队长不得不前往贝鲁特开一个重要会议，是有关……"

"我知道。他还在贝鲁特逗留?"

"不,不,他回来了,但,刚回来,就患上了严重的痢疾。我们担心是某种霍乱,您也知道,在那些地方并不稀奇,但之后,感谢圣母,他并不是。"

蒙塔巴诺也感谢圣母迫使哥利帕乌多离不开厕所一米以外。

"那他的副手佛迪呢?"

"他在纽约参加由鲁道夫·朱利亚尼,您知道的,那个'零容忍'市长组织的会议。会议讨论在大都市维持社会秩序的最佳方案……"

"两天前不就结束了吗?"

"当然,当然。但是,您看,佛迪副官在回意大利之前,在纽约转了转。有人开枪击中了他的一只腿,抢了钱包。他住院了。感谢圣母,并不严重。"

十点过了法齐奥才露面。

"你们怎么这么晚?"

"头儿,行行好,别跟我说这事儿!我们先要等公诉人的代理人!然后……"

"等等。你解释清楚。"

法齐奥抬眼看向天空,重新说这事儿让他回想起他所遭受的所有紧张不安。

"好吧。卡鲁佐去接撞树的公诉人托马赛的时候……"

"不是撞了电线杆吗?"

"不是,头儿,他以为是电线杆,但实际上是树。简而言之,托马赛伤了前额,流血了。于是卡鲁佐陪他去蒙特路撒看急诊。在那儿托马赛感到头疼,就打电话找人替他。但当时时间尚早,办公楼里没人。托马赛就给一个同事家里打电话,就是尼科特拉法官。因此,我们又要等尼科特拉法官起床、穿衣、吃早餐、坐上他的车到现场。但与此同时,哥利帕乌多队长也不见踪影。他的副手也一样。最后救护车来把尸体运走后,我又等了行动队十分钟。后来见没有任何人来,我才走了。如果哥利帕乌多队长需要,他可以来这儿找我。"

"关于这次谋杀你都知道了些什么?"

"不揣冒昧,头儿,您关心他妈的什么啊?是行动队的人该管的事儿。"

"哥利帕乌多不会来了,法齐奥。他关在厕所里拉他的魂儿呢。佛迪在纽约中枪了。拉特斯给我打过电话。该我们负责这次的事儿了。"

法齐奥坐下了,眼里流露出满足的神情。他立刻从兜里掏出一张写了字的极小的纸。开始读起来。

"桑菲利普·埃马努埃莱,又叫乃东,是杰尔兰多和娜塔莉娜·帕多的儿子……"

"够了。"蒙塔巴诺说道。

他被法齐奥患有的"户口登记簿情结"惹火了。更让他恼火的是这家伙在列举出生日期、亲属关系、婚姻状况时所用的语调。法齐奥立刻明白了。"对不起,头儿。"

但他没把那张纸放回口袋里。

"我拿它当个提示。"他辩解道。

"这个桑菲利普多大年纪?"

"二十一岁零三个月。"

"他吸毒?还是贩卖?"

"并没有。"

"他工作了?"

"没有。"

"他就住加富尔大街?"

"是的。在三层的公寓,有客厅、两个房间、卫生间和厨房。他自己住。"

"是他自己的还是租的?"

"租的。一个月八十万里拉。"

"钱是他妈妈给他吗?"

"那个女人?她一贫如洗,头儿。她靠每月五十万里拉的抚恤金过活。在我看来,事情应该是这样的。乃奈·桑菲利普今早大概四点钟把车停在大门前面,之后穿过马路……"

"什么牌子的车?"

"菲亚特朋多。他还有一辆停在车库里。一辆杜埃托①。我说清楚了吗?"

"这样一个无业游民?"

"是啊,头儿。再看看他家里有的东西吧!全是最新款,电视、安在屋顶的卫星接收器、电脑、录像机、摄像机、传真机、电冰箱……您想想我还没仔细看呢。还有录像带、电脑用的磁盘

---

① 是二十世纪七十年代早期阿尔法罗密欧出产的一款经典车型,因达斯丁·霍夫曼主演的电影《毕业生》而受欢迎。

驱动器、光盘……还有待检查。"

"有米密的消息吗？"

正情绪激昂的法齐奥有点儿摸不着头脑。

"谁？啊，对。阿乌杰罗警官？比公诉人的代理人早不了多少来的。看了一圈就走了。"

"你知道他现在在哪儿吗？"

"说不上来。继续刚才说的，乃奈·桑菲利普把钥匙插进锁眼，这时有人叫了他。"

"你怎么知道的？"

"因为他是面部中枪呀，头儿。听到有人叫他，桑菲利普转身向着叫他的人走了几步。他以为是一会儿工夫就解决的事，因为他把钥匙还插在门上，没把它放回口袋。"

"有争斗的痕迹吗？"

"好像没有。"

"你检查过钥匙了吗？"

"一共五把，头儿。两把是加富尔大街的，大门和屋门的。两把是他妈妈家的，大门和屋门。第五把是一种非常先进的钥匙，锁匠们都说无法复制。我们不知道它是开哪扇门的。"

"这个桑菲利普，是个有意思的小家伙。有目击者吗？"

法齐奥开始笑起来。

"头儿，您在开玩笑吗？"

## 二　巧合

他们两人的对话被前厅传来的高声叫喊打断了。显然，有人在吵架。

"你去看看。"

法齐奥出去了，争吵声随之平息，不一会儿他回来了。

"是一位先生在跟卡塔莱拉发脾气，因为卡塔莱拉不让他进来。他一定要跟您谈。"

"让他等会儿。"

"他看上去很激动，头儿。"

"那就听听他说什么吧。"

来人四十岁左右，戴眼镜，穿着整齐，头发偏分，是体面的职员形象。

"谢谢您接见我。您是蒙塔巴诺警长，对吧？我叫大卫·戈利弗，我为刚才大声吵嚷感到羞愧，但我不明白您的警官对我说的什么话。他是外国人吗？"

蒙塔巴诺宁愿什么都不回答。

"我听着呢。"

"好吧，我在墨西拿住，在市政府工作。我结婚了。我的父母住在这儿，我是独子。我现在正为他们担心。"

"为什么?"

"我每个星期从墨西拿往这儿打两次电话,星期四和星期日。两天前,周日,也打了,没人接。到现在我也没听到他们的消息。每过一小时对我来说都是地狱般的煎熬,最后我妻子让我开车到维加塔来。昨天晚上我打电话给门房太太问她有没有我父母家的钥匙。她说没有。我妻子建议我来找您。她在电视上看过您几次。"

"您想要报案吗?"

"我想要先得到授权可以砸开大门。"

他的声音突然有了变化。

"可能发生了什么严重的事情,警长。"

"好吧,法齐奥,叫加洛来。"

法齐奥出去带他的同事过来。

"加洛,你陪着这位先生。他要去砸开他父母家的门。从星期日开始他就再也没有他们的消息了。您说了他们住在哪儿了吗?"

"还没说。在加富尔大街44号。"

蒙塔巴诺大吃一惊。

"圣母啊!"法齐奥说道。

加洛突然间剧烈咳嗽起来,他离开房间去找杯水喝。

大卫·戈利弗被他的话所产生的影响吓得脸色苍白,他看着周围。

"我说什么了吗?"他气若游丝地问道。

法齐奥的车一停到加富尔街44号前,大卫·戈利弗就夺步下车,冲进大门里。

"我们先从哪儿开始调查呢?"法齐奥边关车门边问道。

"先从失踪的老人开始吧。死人都死了,可以等。"

在大门口,他们撞上了重新勇往直前地跑出来的戈利弗。

"门房太太跟我说昨晚发生了凶杀案!是住在这个房子里的一个人!"

直到这时他才注意到人行道上用白色粉笔勾勒出的乃奈·桑菲利普的尸体轮廓。他猛烈地颤抖着。

"您冷静点儿。"警长把手放到他的肩膀上说道。

"不……这正是我担心的……"

"戈利弗先生,您认为您的父母会被卷进一起凶杀案中?"

"您开玩笑吗?我的父母是……"

"不然?您先不要管今早有人被杀死在这门前的事。我们最好进去看看。"

切切娜·莱库贝罗夫人是看门人,她在两米乘两米见方的门房里踱着步,就像在笼子里发疯的熊,身体在交替走的两条腿上摇晃。她可以这么走是因为她瘦得皮包骨头,她能支配的狭小空间足够她在里面拖着脚走步。

"哦,上帝啊!圣母啊!这房子里发生了什么?发生了什么?别人施了什么巫术?我们必须立刻找个神父来洒点儿圣水!"

蒙塔巴诺抓住她的胳膊,确切地说,是抓住她胳膊上的骨头,让她坐下。

"您别这么夸张。不要再画十字了,回答我的问题。您多长时间没看见戈利弗夫妇了?"

"从上个星期六早上戈利弗太太买东西回来后就没看见。"

"今天是星期二了,您没担心过吗?"

门房太太显出愤慨的神色。

"我为什么要担心?他们俩从不相信任何人!高傲的家伙!我一点儿也不在乎他们的儿子听到我说这话!他们出去,买东西回来,把自己锁在家里,三天过去了,任何人都没再看见他们!他们有我的电话号码,如果他们有需要,可以打电话嘛!"

"有过吗?"

"什么有过吗?"

"他们给您打过电话吗?"

"是的,打过几次。丈夫佛佛先生生病时,他打电话请我帮忙,因为那时他妻子去药店了。另外一次是他家洗衣机的软管坏了,发水了。还有一次是……"

"这些够了,谢谢。您说过您没有钥匙?"

"我没说过,不过我也没有!去年夏天他们去墨西拿看儿子的时候,戈利弗太太给我留过钥匙。她想要我去给她养在阳台上的植物浇水。但是之后他们又把钥匙要回去了,连句谢谢都没说,什么话也没有,就好像我是他们的仆人或者类似的什么!您觉得我应该为他们担心吗?如果我上到四楼去问他们是否有什么需要,他们很可能会让我滚开!"

"我们要上去吗?"警长问倚着墙的大卫·戈利弗。他给人一种站不住了的感觉。

他们乘电梯到了四楼。大卫立刻跳出来。法齐奥把嘴唇凑到警长耳朵边。

"每层有四户。乃奈·桑菲利普就住在戈利弗家楼下。"他用下巴指着大卫说道。大卫全身都倚靠在17号房门上，荒唐地按着铃。

"请您靠边吧。"

大卫似乎没听见，继续按着门铃。可以听到铃声远远地在屋内响起。法齐奥走上前，抓住大卫的双肩，把他移开了。警长从口袋里掏出一个大钥匙圈，上面挂着十来个各式各样的小五金件。这是他的一个小偷朋友的礼物。他在锁上忙活了足有五分钟，不光敲敲打打，还转了几圈钥匙。

门打开了。蒙塔巴诺和法齐奥最大限度地张开鼻孔去闻里面传来的气味。法齐奥拽住想冲进去的大卫的一只胳膊。死亡，在几天之后会开始发出腐烂的臭味。但什么味儿都没有，房子只是不通风而已。法齐奥不再抓着了，大卫纵身上前，立刻开始叫喊：

"爸爸！妈妈！"

房里秩序井然。窗户关着，床铺整理好了，厨房整整齐齐，水槽里没有一点儿脏碗碟。冰箱里有奶酪、一小包火腿、橄榄、只剩半瓶的白葡萄酒。冷冻层有四片肉、两条绯鲤。如果他们出门了，也肯定是打算在短时间内回来的。

"您父母有亲戚吗？"

大卫双手抱头坐在厨房的一把椅子上。

"爸爸没有，妈妈有。一个弟弟在科米佐，一个妹妹在特拉帕尼，已经死了。"

"他们不会是去……"

"不会,警长,不可能。他们有一个月没有我父母的消息了。他们不太来往的。"

"那么您完全不知道他们能去哪儿了?"

"是的。如果我知道,我就去找他们了。"

"您最后一次和他们讲话是上星期四晚上,对吧?"

"是的。"

"他们就没说什么他们可能……"

"一点儿都没有。"

"那你们都谈了些什么?"

"常说的那些事,健康状况、孙子们……我有两个儿子,阿尔丰索,和我父亲同样的名字,还有乔瓦尼,一个六岁,一个四岁。他们非常疼爱孙子。每次我们来维加塔看他们,他们都会给两个孩子买很多礼物。"

他止不住泪水流下来。

法齐奥在屋里转了一圈后,摊开双臂回来了。

"戈利弗先生,我们现在待在这儿也没用。我希望能尽早让您获知消息。"

"警长,我从市政府获准离开几日。我可以在维加塔至少待到明天晚上。"

"对我来说,您愿意待到什么时候都行。"

"不,我是说别的意思:我今晚可以在这儿睡吗?"

蒙塔巴诺想了一会儿。在饭厅兼起居室,有一个小写字台,上面有几张纸。他想要舒舒服服地仔细查看一下。

"不，睡在这个房子里不行。我很抱歉。"

"但万一有人打电话来……"

"谁？您的父母？知道家里没人您的父母有什么理由会往家里打电话？"

"不，我是说，如果有人知道消息打电话来……"

"这倒对。我会立刻让人监控电话的。法齐奥，你去办吧。戈利弗先生，我想要一张您父母的照片。"

"我口袋里就有，警长。这是他们来墨西拿时我照的。他们叫阿尔丰索和玛尔盖丽达。"

他边把照片递给蒙塔巴诺边啜泣起来。


"五乘四是二十，二十减二是十八。"蒙塔巴诺在楼梯平台上说道。戈利弗已经走了，走时一副不信服、很是困惑的样子。

"您在挑中奖号码吗？"法齐奥问道。

"确定无疑的是，这个楼有五层，也就是有二十户。但排除掉戈利弗家和乃奈·桑菲利普家，事实上就剩十八户了。简而言之，我们要讯问十八家。每家两个问题。你们知道有关戈利弗夫妇的什么情况吗？你们知道有关乃奈·桑菲利普的什么情况吗？如果那个伟大的浑蛋米密能和我们在一起帮我们一把的话……"

说曹操，曹操就到。就在这时法齐奥的手机响了。

"是阿乌杰罗警官。他问您是否需要他。"

蒙塔巴诺涨红了脸。

"让他立刻过来。如果他不在五分钟内到这儿，我就砍断他的腿。"

法齐奥传达了过去。

"等他来的同时,"警长提议道,"我们去喝杯咖啡吧。"

当他们俩回到加富尔大街时,米密已经在等他们了。法齐奥识相地走开了。

"米密,"蒙塔巴诺开始说道,"我对你真是感到失望。我都无话可说了。能知道你是不是在过脑子吗?你知道不知道……"

"我知道。"阿乌杰罗打断他。

"你究竟知道什么?"

"我应该知道的事呗。我做错了的事。事实是我觉得有些不可思议和困惑。"

警长的怒气平息下来。站在他面前的米密有着他从未见过的表情,不是平常肆无忌惮的态度。相反,是一种顺从、卑微的样子。

"米密,我能知道你发生什么事了吗?"

"我以后告诉你,萨尔沃。"

蒙塔巴诺刚要把手放到他的肩上安慰他一下,突然间冒出来的怀疑使他停住了。如果米密这兔崽子像自己在博奈蒂-阿尔德里奇面前表现的那样,假装屈从的态度而实际上在耍他怎么办?阿乌杰罗有着一副配得上去做悲剧演员的无表情面孔,他在这些方面很擅长。在怀疑中,蒙塔巴诺放弃了这个疼爱的举动。他告诉米密关于戈利弗夫妇失踪的事情。

"你问一层和二层的住户,法齐奥去五层和底层,我负责三层和四层。"

三层，12号。五十来岁的布尔乔·贡切达，劳·马斯戈洛家的寡妇，发表了一通充满激情的长篇大论。

"不要跟我谈这个乃奈·桑菲利普，警长！不要跟我谈他！这个可怜的家伙被人杀了，他的灵魂就可以安息了！不过他可让我受罪了，他让我受罪！白天他从来不在家，但是晚上在。这对我来说，就是地狱之灾开始了！每隔一天晚上！就是地狱！您看，警长先生，我的卧室和桑菲利普的卧室一墙之隔。这房子的墙简直是纸糊的！什么都能听见，什么声音都能听见！等他们把音乐开大到足以震裂我的鼓膜后，他们就开始另外一种音乐了！交响乐！哐啷哐啷哐啷哐！是床碰撞墙的声音，打击乐！接着钟点妓女发出啊啊啊啊的声音！然后重新哐啷哐啷哐啷哐！我开始有了邪恶的想法。我念叨一段《玫瑰经》。两段。三段。没用！这种想法挥之不去。我也还年轻，警长！他在折磨我！不，警长，对于戈利弗夫妇我什么也不知道。他们不信任别人。如果你不信任我，我又怎么能信任你呢？是这个理儿吧？"

三层，14号。克鲁奇拉一家。丈夫：斯戴法诺·克鲁奇拉，退休在家，鱼市的前任会计。妻子：安东妮艾达。大儿子：卡洛杰罗，采矿工程师，在玻利维亚工作。小女儿：萨曼塔，她的名字中在字母t和a之间没有h，她是数学老师，未婚，和父母住在一起。萨曼塔谈到了所有的人。

"您看，警长先生，我就告诉您戈利弗夫妇有多么不善交际吧。有一次我遇到戈利弗太太，她手里拽着装得满满的购物小车，提着两个塑料袋正要进门。因为到电梯前面需要上三级台阶，我就问她是否要我帮忙。她很没有礼貌地回了我不用。她丈夫也不比她强。"

"乃奈·桑菲利普？帅小伙，充满活力，很友善。他都做什么？在是自由之身的时候做他那个年纪的年轻人都做的事呗。"

这样说着，她叹着气看了一眼她的父母。不，可惜她不是自由的，否则她能做出比乃奈·桑菲利普还强的事来。

三层，15号。艾尔奈斯图·阿松托，牙医。

"警长，这里只是我的办公室。我住在蒙特路撒，我只白天过来。我能告诉您的唯一一件事是有一次我遇见戈利弗先生，他的左脸颊因为牙龈脓肿都变形了。我问他有没有固定的牙医，他说没有。于是我建议他顺便上我办公室来看看，结果我却得到了坚定的回绝。至于桑菲利普，您知道吗？我从没见过他，甚至不知道他长什么样。"

蒙塔巴诺开始爬楼梯上到上面一层，他看了眼手表。已经一点半了，看着时间，他条件反射一般感到饥饿，又引起了一阵剧烈胃痛。电梯从他身旁升了上去。他英勇地决定忍着饿，继续问问题，这个点很可能住户们都在家。在16号门前有一个胖胖的秃顶的人，一只手里拿着一个黑色的变了形的包，另一只手正要把钥匙插进锁孔。他看见警长站在他身后。

"您找我吗？"

"是的，……先生。"

"我叫米斯特莱达。您是哪位？"

"我是蒙塔巴诺警长。"

"您有什么事？"

"我问您几个有关昨晚被杀的那个年轻人的问题……"

"是，我知道了。看门太太在我出门上班的时候全告诉我了。我在水泥厂工作。"

"……关于戈利弗夫妇。"

"为什么，戈利弗夫妇怎么了？"

"不见了。"

米斯特莱达先生打开门，站到一边。

"请进。"

蒙塔巴诺向前迈了一步，进到一间杂乱无章的房子里。两只不配对的磨薄了的短袜装饰在入口旁边的搁架上。他被让进一间曾经是客厅的房间。报纸、脏的碗碟、沾满污垢的玻璃杯、洗了和没洗过的衣物，烟灰缸里的烟灰和烟头都要溢出来了。

"有点儿乱啊，"米斯特莱达先生也承认，"但我妻子这两个月都在卡尔塔尼塞塔，她妈妈病了。"

他从黑包里掏出一盒金枪鱼罐头、一颗柠檬和一个大面包。他打开罐头，倒到手边的第一个盘子里。把两条内裤往一边一推，他抓起一把叉子和一把刀，接着切开柠檬，把柠檬汁挤到金枪鱼上。

"您想一起吃吗？您看，警长，我不想您浪费时间。我本想留您在这儿多待一会儿听我胡说八道，给我做个伴。但后来我想这么做不对。戈利弗夫妇我只遇到过几次。但我们并没打招呼。

被杀的年轻人我从没见过。"

"谢谢。再见。"警长起身说道。

尽管身处肮脏的环境,但看见一个人吃东西还是让他加倍饿了。

四层。在18号房门旁边的电铃下面有一块门牌:古一多和吉娜,德·多米尼契斯夫妇。他按了铃。

"谁啊?"一个小孩的声音问道。

对一个小孩该怎么回答呢?

"我是你爸爸的一个朋友。"

门开了,在警长面前出现一个大概八岁的小孩,很调皮的样子。

"爸爸在吗?妈妈呢?"

"不在,但不一会儿就回来了。"

"你叫什么?"

"帕斯奎里诺。你呢?"

"萨尔沃。"

这时蒙塔巴诺相信他闻到了从房里传来的烧焦的气味。

"这是什么味?"

"没什么。我把房子点着了。"

警长跳上前,推开帕斯奎里诺。黑烟从门口冒出来。那是卧室,双人床的四分之一已经着火了。他脱掉夹克,看见椅子上面有个叠着的羊毛毯子,他抓起毯子,打开它,把它扔到火苗上,用手狠狠地拍打。蹿出的一条恶毒的火舌吞噬掉了他半个衣袖。

"如果你把我的火扑灭了，我就再点燃别的地方。"帕斯奎里诺边说边威胁式地挥动着厨房用的火柴盒。

这是怎样的一个精力过剩的小恶魔啊！该怎么办？是卸下他的武器，还是继续灭火？蒙塔巴诺选择了做消防员，继续让自己被灼烧。但是一个女人的尖叫使他僵住了。

"古一多！"

一个金发、惊奇得睁大眼的年轻女人显然要晕过去了。蒙塔巴诺来不及张口说话，一个年轻男人出现在那女人旁边，他戴着眼镜，肩膀宽大，就像之后会变身超人的克拉克·肯特一样。什么话都没说，这个超人，以一种极其优雅的姿势把他的夹克扯开。警长看见一只像炮一般大小的手枪对准了自己。

"举起手来。"

蒙塔巴诺照做了。

"他是纵火犯！纵火犯！"年轻的女人紧紧地抱住她的小孩，她的小天使边哭边胡言乱语。

"妈妈，你知道吗？他还跟我说他要点燃整栋房子呢！"

花了足足半个小时才把整件事说清楚。蒙塔巴诺了解到那男人在一家银行做出纳，因此他可以带枪。太太吉娜因为去看医生而回来晚了。

"帕斯奎里诺要有小弟弟了。"女人羞怯地垂下双目坦白道。

伴随着被打了屁股后关进小黑屋的孩子的叫喊声和哭声，蒙塔巴诺打听到戈利弗夫妇就算在家里，也像不在家一样。

"就连一声咳嗽、掉地上什么东西、稍微大点儿说话的声音都没有!什么都没有!"

对于乃奈·桑菲利普,德·多米尼契斯夫妇甚至都不知道被杀的人就住在他们这幢楼里。

## 三　线索追踪

　　克鲁契斯小路①的最后一站是四层的 19 号。律师莱奥·瓜尔诺塔。

　　从门下面渗出西红柿肉酱的香味，这让蒙塔巴诺感到快昏倒了。

　　"您是蒙塔贝尔多警长。"给他开门的是一个五十来岁、身材魁梧的女人。

　　"蒙塔巴诺。"

　　"我总是弄混名字，但是我只要在电视上看见一次脸就绝不会忘记！"

　　"谁啊？"里面一个男人的声音问道。

　　"是警长，莱奥。您请进，请进。"

　　蒙塔巴诺进屋时，一个六十来岁、瘦瘦的男人出来了，他衬衫领子里掖着餐巾。

　　"瓜尔诺塔，很高兴见到您。请进。我们正要开始吃饭。您到客厅吧。"

　　"去什么客厅！"身材魁梧的女人插进话来，"如果你费时间

---

① 据《圣经·新约全书》记载，克鲁契斯是耶稣基督背负十字架前往各各他山受难时所经过的小路。

聊天的话，面就要坨了。您吃过了吗，警长？"

"确实，还没。"蒙塔巴诺说着，觉得心里有了希望。

"好吧，没问题，"瓜尔诺塔太太总结道，"您坐下来跟我们一起吃盘面吧。这样我们大家说话也方便。"

面控干得刚刚好（"知道什么时候控干面也是一门艺术。"他的管家阿黛莉娜有一次说过），肉酱里的肉软嫩咸香。

但是，除了填饱肚子之外，对于他的调查，警长一无所获。

大概下午四点钟，他才和米密·阿乌杰罗、法齐奥一起回到办公室。蒙塔巴诺不得不承认看不到希望的事情实际上有三件。

"别提了，您的数学真的只是个人观点而已，"法齐奥说道，"因为那栋楼里的户数是二十三户……"

"怎么是二十三户？"蒙塔巴诺糊涂了，他对数字可真是发憷。

"头儿，还有三户在底层，全是办公室。他们既不认识戈利弗夫妇也不认识桑菲利普。"

总之，戈利弗夫妇在那栋楼里住了多年，但他们就像空气一样。桑菲利普呢，更不用说了，住户们都没听过他的名字。

"你们俩，"蒙塔巴诺说道，"在失踪的消息正式公布之前，设法从周围传闻、闲言碎语、道听途说、猜测等诸如此类的事情中打听到点儿什么。"

"为什么，知道了失踪的消息后人们的回答就会发生改变吗？"阿乌杰罗问道。

"会，会改变。一件起初看似正常的事情，在非同寻常的情况发生后就可以有不同的观察角度。既然你们要去，也顺便问问桑菲利普的情况。"

法齐奥和阿乌杰罗不大信服地走出办公室。

蒙塔巴诺拿起法齐奥留在他桌上的桑菲利普家的钥匙，把它放进衣兜后去叫卡塔莱拉，这家伙一个星期以来都在忙着解答初级水平的填字游戏。

"卡塔莱，跟我来。我交给你一项重要任务。"

抑制不住激动之情，直到进了被谋杀的年轻人的家里，卡塔莱拉还是兴奋得张不开嘴。

"你看见了吗，卡塔莱，那个电脑？"

"是的。真带劲儿。"

"好，你去操作它。我想知道它里面的所有东西。还有把所有的磁盘都放进……怎么说来着？"

"驱动器，头儿。"

"你把所有的都看了。最后给我汇报。"

"还有录像带呢。"

"录像带先放到一边。"

他坐进车里，朝蒙特路撒开去。他的一个"自由频道"电视台的记者朋友尼可洛·继多正要做直播。蒙塔巴诺递给他照片。

"他们是戈利弗夫妇，阿尔丰索和玛尔盖丽达。你就说他们的儿子大卫因为听不到他们的消息正在担心。你在今晚的电视新闻上说。"

继多是一个很聪明的人,也是一名有能力的记者,他看了一眼照片,问了一个警长期待着被问的问题。

"为什么你要担心这两个人的失踪?"

"我同情他们。"

"他们让你同情,我相信。但他们只是让你同情,我不相信。有什么偶然的联系吗?"

"和什么?"

"和在维加塔被杀的小伙子桑菲利普之间的联系。"

"他们住在同一栋楼里。"

尼可洛完全从椅子上弹了起来。

"这个新闻可是……"

"……你别提这个。可能有联系,也可能没有联系。你就按我说的做,一有可靠的消息我会给你的。"


他坐在阳台上,享受着长久以来渴望的一顿饱餐。很简陋的一盘,土豆和洋葱放在水里煮了很长时间,用叉子背捣成泥,再拌上满满的橄榄油、酸味十足的醋、现磨的黑胡椒、盐。吃的时候,他更喜欢用一把白铁皮叉子(他精心保留了两把),却总是烫着舌头和腭,因此,每吃一口他都骂骂咧咧。

在二十一点的新闻中,尼可洛·继多完成了他的任务,登出了戈利弗夫妇的照片,说他们儿子正担心他们。

蒙塔巴诺关掉电视,开始读巴斯克斯·蒙塔尔万[①]最新写的

---

[①] 巴斯克斯·蒙塔尔万(1939—2003),西班牙著名作家,他以私家侦探佩佩·卡瓦略为主人公的系列侦探小说在欧洲影响巨大。

书，故事发生在布宜诺斯艾利斯，主人公是佩佩·卡瓦略。刚读了三行电话就响了。是米密。

"我打扰你了，萨尔沃？"

"没关系。"

"你有事做吗？"

"没有。但是为什么这么问？"

"我想和你谈谈。我来找你。"

所以早上他责备米密时，米密的态度是真诚的，不是在演戏。能有什么事发生在这个可怜的大男孩身上呢？如果是女人的问题，米密应该很容易做出选择，他属于那种典型的男性思维，认为每个被甩掉的女人都是已经让男人失去兴趣的。也许是和某个吃醋的丈夫之间的争执。就像那次，他亲吻会计师佩雷斯的合法妻子裸露的乳房时，被当场抓个正着。事情闹得很大，已经告到警局了。他能摆脱麻烦是因为那时警局的老局长摆平了这件事。如果那时在位的是现在新任的博奈蒂-阿尔德里奇的话，阿乌杰罗副警长的职业生涯早就结束了。

有人按门铃。不应该是米密吧，他才刚打完电话。然而正是他。

"你是从维加塔飞到马里内拉的吗？"

"我没在维加塔。"

"那你在哪儿来着？"

"这儿附近。我用手机给你打的电话。我已经在这片儿转悠一个小时了。"

啊。米密在下定决心打电话前一直在附近徘徊。这说明事情比他想象的严重。

突然间他有了一个可怕的想法：米密是不是因为经常嫖妓而生病了？

"你身体还好吧？"

米密迷惑地看了他一眼。

"身体？还好。"

天呐。如果他承受的负担不是身体上的事儿，就意味着是身体的对立面。思想？精神？我们在骗谁呢？他怎么会跟那些事沾边呢？

他们走向阳台的时候，米密说道："你能帮我个忙吗？你给我倒点儿威士忌，不加冰，好吗？"

他想要鼓起勇气，他想！蒙塔巴诺开始觉得十分紧张。他把瓶子和杯子放到米密面前，等着米密倒了不少的量后说道：

"米密，别跟我猜闷子了。马上告诉我你陷到什么困境里了。"

阿乌杰罗一口吞下杯中酒，看着大海，用非常低沉的声音说道：

"我决定结婚了。"

蒙塔巴诺抑制不住怒气。他用左手横扫掉小桌上的杯子和酒瓶，右手给正转头看他的米密的脸颊上有力的一巴掌。

"傻瓜！你他妈的在说什么？只要我活着，我就决不会让你这么做！你怎么会有这种想法？你有什么理由？"

阿乌杰罗这时站起来了，背靠着墙，一只手捂着变红的脸颊，眼睛惊恐地睁得很大。

警长控制住自己，意识到反应过激了。他张开双臂走近阿乌杰罗。米密甚至让自己平靠在了墙壁上。

"为你自己好，萨尔沃，别碰我。"

看来米密的病真是有传染性的。

"不管你有什么事情，米密，总比死了要好吧。"

米密的嘴完全耷拉了下来。

"死？谁跟你说死了？"

"你啊。你现在不在跟我说：'我要开枪自尽。'你要否认吗？"

米密没回答他，但开始用脊背沿着墙面滑动。这时他双手捂在肚子上，好像疼得受不了了。眼泪从他的眼中流出，滚落到鼻子两侧。警长感到一阵惊慌。该怎么办？叫个医生？这个时间他能叫醒谁呢？就在这时，米密突然跳起来，一跃跳过栏杆，从沙滩上捡回并未损坏的酒瓶，大口喝着里面的酒。蒙塔巴诺像石头一样呆住了。听到阿乌杰罗开始吼叫他才动弹。不，那不是吼叫，是大笑。到底有什么好笑的？米密终于能说出话来了。

"我是说结婚，萨尔沃，不是开枪！"①

突然间，警长感到既宽慰又恼怒。他走进卫生间把头放在冷水下浇，待了一会儿。当他回到阳台时，阿乌杰罗已经重新坐下了。蒙塔巴诺从他的手中拿过酒瓶，送到嘴边，一饮而尽。

"我再去拿一瓶。"

他回来时拿了全新的一瓶酒。

---

① 意大利语中结婚是"sposarsi"，开枪自杀是"spararsi"，有些音似。

"你知道吗,萨尔沃,你真把我吓得够呛。我还以为你是同性恋,爱上我了呢!"

"跟我讲讲那个女孩。"蒙塔巴诺打断他。

她叫拉凯莱·祖莫。他在费拉的朋友家认识的。她回来看她的父母。但是她在帕维亚工作。

"在帕维亚干什么?"

"你想要听点儿好笑的吗,萨尔沃?她是个女警!"

他们笑了。就这样一直笑了两个小时,喝完了那瓶酒。

"喂,利维亚?我是萨尔沃,你睡了?"

"我当然睡了。发生什么事了?"

"没什么。我想……"

"怎么,没什么?那你知道现在几点了吗?两点哎!"

"啊,是吗?对不起。没想到这么晚了……呃,这么早了。好吧,没,没什么,只是一件蠢事罢了,相信我。"

"即使是件蠢事,也一样跟我说说吧。"

"米密·阿乌杰罗跟我说他想结婚了。"

"这可真是新闻呀!他三个月前就跟我吐露了,还求我什么都不要告诉你。"

长时间的沉默。

"萨尔沃,你还在听吗?"

"是的,我在。那么你和阿乌杰罗先生就有你们的小秘密,让我两眼一抹黑什么都不知道吗?"

"别这样,萨尔沃!"

"不，利维亚，你惹恼我了！"

"你也惹恼我了！"

"为什么？"

"因为你说结婚是蠢事。傻子！你更应该学学米密的样子。晚安！"

早上将近六点时他醒了，口热如胶，头隐隐有点儿疼。他喝了半瓶凉水，想继续睡觉。没别的选择。

要不干吗呢？这个问题随着电话铃响得以解决。

这个时间？！可能是那个白痴米密想告诉他已经改变要结婚的想法。他拍了下前额。昨晚的误会就是这么回事！阿乌杰罗说"我决定结婚了"而他理解为"我决定开枪自杀了"。肯定是这样！在西西里人们什么时候说结婚这词儿啊？在西西里，只说成亲啊！女人说"我想要成亲"意思是"我想找个丈夫"；男人说同样的话，意思是"我想要成为个丈夫"。他拿起听筒。

"你改主意了？"

"不，头儿，我没改主意，也难改主意。你到底在说什么主意啊？"

"抱歉，法齐奥，我以为是别人给我打电话。有什么事？"

"请您原谅我这个点儿吵醒您，但……"

"但？"

"我们找不到卡塔莱拉。他从昨天下午就失踪了，没说去哪儿就离开了办公室，再没见着。我们甚至问过了蒙特路撒的医院……"

法齐奥继续说着,但警长没在听了。卡塔莱拉!他完全忘了这码事!

"对不起,法齐奥,对不起大家。他为我去办件事才走的,我没通知你们。你们别担心。"

他清楚地听到法齐奥松了口气。

他花了大约二十分钟冲澡、剃须、穿衣服。他觉得自己有气无力。到加富尔街44号时,门房太太正在清扫门前的街道。她太瘦了,瘦得看不出她和扫把杆有什么区别。她像谁来着?啊,对了。像奥丽弗,大力水手的女朋友。他坐电梯到三层,用撬锁工具打开乃奈·桑菲利普家的门。屋里的灯亮着。卡塔莱拉坐在电脑前面,没穿制服上衣。一见到上司进来,他立刻站起来,穿上上衣,调了调领结。他胡子长了,眼睛熬红了。

"听您吩咐,头儿!"

"你还在这儿?"

"我就要弄完了,头儿。再要两小时就够了。"

"你找到什么了吗?"

"对不起,头儿,您想要我用技术术语说还是简单的话说?"

"简单的,简单的,卡塔莱。"

"那么我说这个电脑里没他妈的东西。"

"什么意思?"

"就是我说的意思,头儿。它没联网。这里面保存的是他在写的一个东西……"

"什么东西?"

"在我看来是一本小说,头儿。"

"然后呢?"

"然后还有他写的和他收到的所有垃圾的复件。有很多。"

"是谈生意吗?"

"什么生意啊,头儿。也就算是垃圾吧。"

"我不明白。"

卡塔莱拉脸都红了。

"就是谈情说爱的那些,但是……"

"好吧,我懂了。那些磁盘里呢?"

"都是些淫秽下流的东西,头儿。男人和女人,男人和男人,女人和女人,女人和动物……"

卡塔莱拉的脸好像随时都能着火。

"好了,卡塔莱。给我打印出来。"

"所有吗?女人和男人,男人和男人……"

蒙塔巴诺打断他絮絮叨叨的话。

"我是说小说和垃圾。但是现在我们先做一件事。你下来坐我的车去酒吧,喝杯奶咖,吃点儿甜面包,之后我再送你回来。"

一回到办公室,总机室的因布洛就进来找他。

"头儿,'自由频道'电视台给我打来电话,提供了一份名单,是看过戈利弗夫妇照片后跟他们联系的人的名字及电话号码。我都记在这里了。"

差不多十五个名字。瞥了一眼电话号码,都是维加塔的。因此,戈利弗夫妇并不像一开始看上去的那么昙花一现。法齐奥进来了。

"圣母啊，当我们找不到卡塔莱拉时有多么惊恐啊！我们不知道他被派去执行秘密任务了。您知道卡鲁佐叫他什么吗？密探000。"

"你们少打趣了。有什么消息吗？"

"我去找过桑菲利普的母亲。那可怜的女人对她儿子做什么事一无所知。她告诉我那孩子十八岁时，凭着对电脑的热情，在蒙特路撒找了份好工作。他挣的不少，加上她自己的退休金，他们过得很好。后来，乃奈突然辞了工作，性格也变了，自己一个人出去过了。他很有钱，却让他母亲穿着有破洞的鞋子到处走。"

"有件事我很好奇，法齐奥。他们在他身上找到钱了吗？"

"怎么没有？三百万里拉的现金和一张两百万的支票。"

"好，这样桑菲利普太太就不用借钱办葬礼了。那张支票是谁的名头？"

"是蒙特路撒的曼佐公司。"

"你去了解下他们为什么给他支票。"

"我也这样想。至于戈利弗夫妇……"

"你看这儿，"警长打断他，"这个名单上的人知道戈利弗夫妇一些情况。"

名单上的第一个名字是萨维里奥·古祖马诺。

"您好，古祖马诺先生。我是蒙塔巴诺警长。"

"您找我有什么事？"

"您不是看见戈利弗夫妇的照片后打电话给电视台了吗?"

"是,我是。但跟您有什么关系?"

"是我们在负责这件事情。"

"没人说过啊?我只会跟他们的儿子大卫说。再见。"

欢乐的开始是最好的向导,正如马泰奥·玛利亚·波亚尔多①说的那样。第二个名字是加斯帕莱·贝鲁佐。

"喂,贝鲁佐先生?我是蒙塔巴诺警长。您为戈利弗夫妇的事给'自由频道'电视台打过电话吧。"

"对。上周日我和我太太见过他们,他们和我们同坐一辆巴士。"

"你们是去哪儿?"

"去廷达里的圣母堂。"

廷达里,如我所知的那样温和……夸西莫多②的诗句在他脑中回响。

"你们去那儿做什么?"

"郊游。是这里的马拉斯皮纳旅游公司组织的。我和我太太去年也去了一次,是去菲亚卡的圣卡洛杰罗。"

"请您告诉我一件事,您记得其他参加者的名字吗?"

"当然了,有布法罗塔夫妇,贡蒂诺夫妇,多米尼多夫妇,拉古里亚夫妇……我们一共四十几人呢。"

布法罗塔先生和贡蒂诺先生也在打电话人的名单上。

---

① 马泰奥·玛利亚·波亚尔多(1441—1494),文艺复兴时期意大利作家、诗人。
② 萨尔瓦托雷·夸西莫多(1901—1968),意大利诗人,1959年诺贝尔文学奖获得者,西西里人。

"最后一个问题,贝鲁佐先生。你们回到维加塔时,您见到戈利弗夫妇了吗?"

"说实话,我不能告诉您什么。您知道的,警长,那时很晚了,晚上十一点,天很黑,我们大家都累了……"

没必要再浪费时间打别的电话了。他叫来了法齐奥。

"听着,所有这些人都参加了上周日去廷达里郊游的活动。戈利弗夫妇也参加了。郊游是由马拉斯皮纳公司组织的。"

"我知道这家公司。"

"好,那你去那儿要一份完整的名单来。之后给所有参加者打电话。我想要明天早上九点在警局见到他们。"

"我们把他们安排在哪里呢?"

"给他们安排在哪儿都行。你们搭个像野战医院的东西也行。因为他们中最小的也该有六十五岁了。还有件事:你让马拉斯皮纳先生告诉你那个周日是谁开的大巴。如果他在维加塔,又不当班的话,我想要他在一小时内到我这儿来。"

卡塔莱拉的眼睛越发红了,竖直的头发让他看上去像个标准的疯子,他胳膊下夹着厚厚的一捆纸进来了。

"所有的所有我都印了,头儿!"

"好,你放这儿去睡觉吧。我们下午晚些时候见。"

"听从您的一切命令,头儿。"

圣母啊!现在他桌上至少有六百页纸!

米密容光焕发地走了进来,这让蒙塔巴诺心生嫉妒。他立刻又想到和利维亚在电话中的争执。他的情绪一时黯淡下来。

"听着,米密,关于那个莱贝卡……"

"哪个莱贝卡?"

"你的未婚妻,不是吗?那个你想与之成亲,而不是像你说的想结婚的女人……"

"都是一样的意思。"

"不,不一样,相信我。所以,关于莱贝卡……"

"她叫拉凯莱。"

"好吧,她爱叫什么叫什么。我好像记得你说她是个女警,在帕维亚工作。对吗?"

"对。"

"她提出调任请求了吗?"

"她为什么要?"

"米密,你理智一点儿吧。你们要是成亲了该怎么办?继续你在维加塔,莱贝卡在帕维亚?"

"好了,你快改过来吧!她叫拉凯莱。不,她没有提出调任申请。还为时过早。"

"但迟早她要提的,不是吗?"

米密做了个深呼吸,就好像他准备跳入水下。

"我想她不会提的。"

"为什么?"

"因为我们已经决定调任申请由我来提。"

蒙塔巴诺的眼睛就像蛇的眼睛一样:一动不动、冷冰冰的。

"现在他的双唇中间就要伸出那分叉的舌头了。"阿乌杰罗想着，浑身冒着冷汗。

"米密，你他妈的真是狗娘养的。昨天晚上你来找我的时候只说了半截话。你跟我说了结婚，没说调任的事。但对我来说，这是更重要的事情。你应该很清楚。"

"我向你发誓我要说来着，萨尔沃！要不是你当时的反应让我那么震惊的话……"

"米密，你看着我的眼睛，跟我讲实话：申请你已经交了？"

"是的。我已经交了，但是……"

"博奈蒂-阿尔德里奇怎么说？"

"说需要一点儿时间。他还说……没什么了。"

"你说。"

"他说他很高兴。说是时候让维加塔警局内的帮派分子——他是这么说的——解散了。"

"那你呢？"

"嗯……"

"好了，不要让我再三询问了。"

"我拿回了在他桌上的申请。我跟他说我要再考虑考虑。"

蒙塔巴诺沉默了一会儿。米密看上去好像刚从淋浴下面走出来一样。之后警长向阿乌杰罗指了指卡塔莱拉给他的那堆纸。

"这是乃奈·桑菲利普电脑里的所有东西。一部小说和很多信件，可以说是情信。能有谁比你更适合读这些东西呢？"

## 四　心事

法齐奥给他打来电话，告诉他开大巴往返廷达里和维加塔的那个司机的名字：他叫菲利普·托尔托里奇，是乔阿基诺和……法齐奥及时打住了，也许通过电话线他已经感到警长的怒火正蹿上来。他补充说那个司机现在不在当班，但他正和马拉斯皮纳先生整理郊游人员的名单，马拉斯皮纳先生向他保证司机下午三点一回来就会立刻让他到警局来。蒙塔巴诺看了一眼表，他有两个小时的空闲。

他自动走向了圣卡洛杰罗小吃部。店主在他面前放上一盘海鲜开胃菜，警长突然间感到被一把铁钳钳住了胃口。不可能吃了，甚至一看见鱿鱼、小章鱼、蛤蜊肉他就恶心。他一下子站了起来。

卡洛杰罗——既是店主也是服务员——紧张地跑了过来："警长，怎么了？"

"没什么，卡洛，我只是不想吃东西了。"

"您不要不接受这种冷盘，它很新鲜！"

"我知道。我向它道歉。"

"您不舒服？"

他想到一个借口。

"啊，我应该告诉你的，我有点儿冷飕飕的，也许我要得流感了。"

他走出来，这次他知道要去哪儿了。去灯塔那儿，坐在它下面平坦的岩石上，那里已经成为他可以哭泣的地方了。他前一天也在那里坐过，当时他的脑中满是那个六八学运时期的同学，他叫什么来着，想不起来了。哭泣的岩石。说真的，他确实在那儿哭过，一次释放的大哭，那时是他得知父亲要去世的消息。现在他又回到这儿，因为另一个预告的别离，但他不会为此再次洒泪了，只是在心底深深地感到悲伤。结束，是的，他并没夸张。就算米密已经收回调任申请也无关紧要了，事实是他曾经交过。

博奈蒂-阿尔德里奇是个臭名昭著的白痴，当那人把警局称为"一群帮派分子"的时候他更加肯定这一点了。这是一支队伍，团结的、紧密的队伍，是润滑得好好的机器，每个齿轮都有它的作用，还有，为什么不可以这么说？还有它的个性。而让整个机器运转的传送带正是米密·阿乌杰罗。需要认识到事情的本质是什么：一种破裂，断裂的开端。结束的开端，正是。米密能坚持多久呢？两个月？三个月？之后他会让步于莱贝卡的再三要求和眼泪，不对，是拉凯莱。再见，很高兴认识你们。

"我呢？"他自问，"我，该怎么办？"

他如此担心晋升、不可避免的人员调动的原因之一，就是他确定再也不可能在其他地方建立起一支像维加塔这样的奇迹般地凝聚在一起的队伍了。但当他这样想的时候，他知道这也并不是此刻他感到痛苦的原因，天啊，你终于可以说出这个准确的词了，怎么，你很羞愧吗？再重说一遍，痛苦。他很爱米密，他不只把米密视为朋友,更亲如兄弟,因此米密已经预告的离弃如枪击般正中他的胸口。背叛这个词有一刻在他脑中掠过。米密有勇气向利维亚吐露心声,就是绝对相信她对他,她的男人,耶稣啊!不会说一个字的!米密甚至也应该跟她讲了他可能调任的事,可她连这事也没跟自己提过,她完全是他的朋友米密的同谋!真是一对儿啊!

他明白,痛苦正把他变成一团失去知觉的、愚蠢的怒气。他感到羞愧:此刻他正想着的事情并不是他的事儿。

菲利普·托尔托里奇在三点一刻时气喘吁吁地出现了。他是一个五十出头身材瘦小的男人,只有一绺头发在脑袋中央,其余地方都秃顶了。他看上去非常像蒙塔巴诺在有关亚马逊丛林的纪录片中看过的一种鸟。

"您想和我谈什么?我的老板马拉斯皮纳先生命令我立刻来这儿,但他没给我任何解释。"

"是您上个周日为维加塔到廷达里的郊游线路开车吗?"

"是,是我。公司组织这种郊游的时候,总是派我去。客户们想要我去,他们要求老板让我来开车。他们信任我,我冷静又有耐心。需要理解他们,他们都是有很多要求的老人家。"

"你们经常组织这种郊游吗?"

"季节好的时候,每半个月至少一次。有时去廷达里,有时去埃里切,有时去锡拉库萨,有时……"

"乘客们总是同一些人吗?"

"有十来个是。其他人会有变化。"

"据您所知，阿尔丰索和玛尔盖丽达·戈利弗夫妇在周日的旅行中吗？"

"当然在了！我记性很好！但您为什么问我？"

"您不知道？他们失踪了。"

"噢，圣母啊！失踪是什么意思？"

"就是在那次旅行之后再没有人见过他们。电视里也说他们的儿子很绝望。"

"我真不知道，我保证。"

"请听我说，您在这次郊游之前就认识戈利弗夫妇吗？"

"不是，从没见过。"

"那您怎么就能说戈利弗夫妇在大巴上呢？"

"因为老板在出发之前会给我乘客名单。而我在出发之前也会点名。"

"回程时也会点名吗？"

"当然了！戈利弗夫妇在啊。"

"请您跟我讲讲这样的旅行都是怎么安排的。"

"总体来说都是早上七点钟左右出发。但也要看到达目的地需要花多少时间。乘客们都是上了年纪的人，退了休的，这样的人。他们旅行不是为了去看廷达里的黑色圣母像，而是为了在乡间度过一日。我说明白了吗？老年人，他们的孩子都长大了，离他们很远，他们也没有什么朋友……在旅行中总是会有卖东西的人让他们感兴趣，比方说，卖家居用品、毯子……我们总是及时赶到地方参加中午的圣弥撒。吃饭的话他们会去一家跟我的老板有协议的餐馆。午饭费用包含在车票钱当中。您知道他们吃完饭会做什么事吗?"

"我不知道,请您告诉我。"

"他们回到大巴上睡上一小觉。醒了以后,又开始到处转悠,买点儿小礼物、纪念品什么的。六点钟,也就是十八点时,我点名,然后出发。八点钟时会按预先计划到半路上的一个酒吧喝点儿咖啡、吃点儿饼干,这也包含在票价当中。我们应该在晚上十点钟到维加塔。"

"为什么您说'应该'?"

"因为最后总是会晚到。"

"为什么?"

"警长先生,我说过了:乘客们都是些老人家。"

"那又怎样?"

"如果一位乘客因为他要上厕所,要求我停到最近的酒吧或服务区,我能怎么办,不停车吗?我只能停车。"

"我明白了。您记得上周日的回程中有人要求您停车吗?"

"警长,他们让我十一点才开回来!停了三次!最后一次就差半个小时的路就到维加塔了!因此我问他们能不能憋着,就要到了。可没办法。您知道发生了什么吗?如果有一个人下车,所有人就都跟着下,所有人就都要上厕所,这样浪费了大把时间。"

"您记得是谁要求您最后一次停车的吗?"

"不,我可真不记得了。"

"没发生任何特别的、古怪的、不寻常的事吗?"

"应该发生什么?就算发生了,我也没注意到。"

"您确定戈利弗夫妇回到维加塔了吗?"

"警长,我在回来时是没有义务重新点名的。如果这些人在某次停车之后没回车上的话,旁边的人会注意到的。再说,我在重新出发前按了三次车喇叭,我又等了最少三分钟。"

"您记得在回程中您都在哪里额外停车了吗?"

"记得。第一次在埃纳公路上,在卡西诺服务区;第二次在巴勒莫到蒙特路撒的高速路上的圣杰尔兰多饭馆,最后一次在天堂酒吧餐厅,距离这儿半小时路程。"

法齐奥大约七点钟才姗姗来迟。

"你真是不慌不忙啊。"

当警长没理由地责备时,法齐奥并不辩驳,这只不过是他需要发泄一下而已。回应反而会更糟。

"所以,头儿,参加那次郊游的人有四十个。十八对夫妇,就有三十六人,两位经常参加这种旅行的老太太,三十八人,拉卡纳兄弟二人,是双胞胎,他们一次没落地参加郊游,他们都没成家并且住在一起。拉卡纳兄弟是旅行团中年龄最小的,都五十八岁。在郊游的人中也有戈利弗夫妇,阿尔丰索和玛尔盖丽达。"

"你通知他们所有人明天上午九点钟来这儿了?"

"我通知了。不是打电话通知的,而是挨家挨户去的。我告诉您有两人明天上午来不了,要是我们想要询问的话得去家里找他们。他们是施迈夫妇:太太病了,她得了流感,丈夫不得不待在她身边哪儿都不能去。警长,我擅自做了个主。"

"什么主?"

"我把他们分了组。他们一次来十个,每组之间间隔一小时。这样就不会太混乱。"

"你做得很好,法齐奥。谢谢,你可以走了。"

法齐奥没动,现在是时候对刚才警长不公正的责备进行报复了。

"关于我不慌不忙这件事,我想告诉您我还去了趟蒙特路撒。"

"你去那儿干什么?"

警长发生了什么事?他难道忘记了吗?

"您不记得了?我去做您让我做的事。去找那家曼佐公司的人,我们在乃奈·桑菲利普的衣兜里找到了他们开的两百万的支票。一切正常。曼佐先生每个月给他一百万,让那小家伙看好公司的电脑,如果什么地方需要修理就修理一下……因为上个月财务上有点儿意外的困难,他们没付钱给他,所以这次给了他一张双份的支票。"

"这么说乃奈有工作喽。"

"工作?!曼佐公司给的钱可能刚够他付房租!其余的钱他哪儿来?"

米密·阿乌杰罗出现在门口时天已经黑了。他双眼通红。蒙塔巴诺脑中浮现的想法是他因受到悔恨折磨而痛哭过。这是潮流:所有人,从教皇到最新的黑手党分子,都会因什么事而后悔的[①]。但这只是做梦而已!阿乌杰罗说的第一件事是"看乃

---

① 蒙塔巴诺一直对黑手党中和其他犯罪活动中的污点证人(又叫作"悔恨者")抱有想法,因为这些人以后都会得到政府的娇养和保护。

奈·桑菲利普的这些纸弄坏了我的眼睛！我才看了一半的信件"。

"只是他写的信吗？"

"哪是啊！这简直是个书信集。他写的信，那女人写的信，但她没有署名啦。"

"有多少？"

"各五十封左右。有一段时间他们隔一天互通一封信……他们做了还加以评论。"

"我不明白什么意思。"

"我来解释一下。就是说星期一他们要是在一块儿睡的话，星期二他们会互相写一封信，在信里他们很详细地评论前一天他们俩做过的所有事情。从他俩各自的视角看。星期三他俩又在一起了，第二天他俩就又通信。这些信太淫荡了，好多次让我羞红了脸。"

"信上标注日期了？"

"都标了。"

"这我不相信。以我们现有的邮政水平，怎么会让信件第二天准时送到呢？"

米密摇头说不。

"我认为他们不是通过邮局寄信的。"

"那他们怎么寄的？"

"他们不是寄的。他们是再遇到的时候亲手交换的。他们很可能就是在床上读的信。之后他们就又开始性交。这是很好的催情方式。"

"米密，看来你对这些事情很在行。除了日期，信里写了出自什么地方吗?"

"乃奈的信全是出自维加塔。那女人的信绝大部分出自蒙特路撒,极少时候出自维加塔。这支持了我的假设。他们有时在这儿见,有时在蒙特路撒见。那女人有丈夫。有时他和她会提到丈夫,但从没说过姓名。他们频繁碰面的时候正是她丈夫去海外出差的时候。像我说的,她丈夫的名字从没被提及。"

"我有一个想法,米密。整件事有没有可能只是一个小孩子的胡说八道?也许那个女人并不存在,只是他性欲幻想的产物?"

"我认为这些信是真实的。他把它们输入电脑,却毁了原件。"

"什么让你这么确定这些信是真实的?"

"是那女人写的东西。细致的描写,那些细节是绝不会进入我们男人大脑的,那是一个女人在做爱时感受到的。你看,他们做过各种方式,正常的、口交、肛交,用各种姿势,在不同的情况中,她每次都能说出一些新的、私密的东西来。如果这是那个小伙子的虚构,无疑他已经成为一位伟大的作家了。"

"你看到哪儿了?"

"还剩二十来封吧。之后我开始读那本小说。你知道吗,萨尔沃,我觉得我可能知道那个女人是谁。"

"说给我听。"

"现在说还太早。我得想想。"

"我也有些模糊的想法。"

"什么想法?"

"那应该是一个不很年轻的女人,她养了一个二十岁的情人。她很大方地给他钱。"

"我赞同。不过如果那女人真是我想的那个,她的年纪就不太大。她还很年轻。不应该是金钱的交易。"

"所以你认为这是出轨的问题?"

"为什么不可能呢?"

"也许你说的有道理吧。"

不,米密说的不对。蒙塔巴诺凭直觉、凭本能感到在乃奈·桑菲利普被杀的背后应该有什么大事。那么他为什么要赞同米密的假设呢?为了让他开心?那个准确的意大利语动词是什么来着?啊,对了,是奉承他。他正在无耻地迎合米密。也许他的行为正和电影《头版》中的那个报社主编一样,那人不择手段地要挽留住他的王牌记者,不让他为爱迁居到另一个城市。那是一部喜剧电影,主演是马修和莱蒙①,他记得他当时笑死了。为什么现在重新想起来却一点儿也笑不出来呢?

"利维亚?你好,你过得好吗?我想问你两个问题,然后告诉你一件事。"

"问题的号码是什么?"

"什么?"

"问题。它们的编号是什么?"

"哎……"

---

① 《头版》1974年的一部美国电影,主演是沃尔特·马修和杰克·莱蒙。

"你没发现你问我就好像我们是在一个办公室吗?"

"对不起,我一点儿那个意思都没有……"

"说吧,第一个问题。"

"利维亚,想象一下我们做过爱后……"

"我不能。这个假设太久远了。"

"我求求你,这是一个严肃的问题。"

"好吧,请你等我回忆一下。好了。继续。"

"你,第二天,会想要寄一封信给我向我描述你所感受到的一切吗?"

停顿,如此之长,以致蒙塔巴诺觉得利维亚已经挂了电话走开了。

"利维亚?你在听吗?"

"我正在想。不,我个人是不会这么做的。但也许别的女人被激情吞没时会这么做吧。"

"第二个问题是:当米密·阿乌杰罗向你倾吐他要结婚的想法时……"

"上帝啊,萨尔沃,当你总琢磨这件事的时候,你可真无聊!"

"你让我说完。他也跟你说他要提调任申请的事了吗?他跟你说了?"

这次的停顿更长了。但蒙塔巴诺知道她还在电话另一头,她的呼吸声是沉重的。之后,利维亚气若游丝地问道:

"他提出了?"

"是的,利维亚,他提了。后来因为局长的一番白痴言论他又撤回了。但这只是暂时的,我想。"

"萨尔沃,相信我,他没有给我任何他要离开维加塔的暗示。而且我认为他跟我说他的结婚打算的时候,还并没有这个念头。我很遗憾。非常。我明白你会有多么难过。你想要告诉我的是什么?"

"我想你。"

"真的?"

"是的,很想。"

"很想是多想?"

"很想很想。"

就是这样。相信那些完全显而易见的事情。那一定是最真实的。


他拿了巴斯克斯·蒙塔尔万的书上床,开始从头重新看。读到第三页末尾,电话响了。他想了想,不去接电话的意愿如此强烈,但是打电话的人也倾向坚持到底,直到蒙塔巴诺的神经紧张起来。

"喂?您是蒙塔巴诺警长吗?"

他认不出这个声音。

"是的。"

"警长,请原谅在这个时间打扰您,您应该正和家人一起享受渴望已久的休闲时光吧……"

什么家人?大家都疯了吗,从拉戴斯长官到这个陌生人,都说着他并没有的家人。

"您是哪位?"

"……我倒是很确定能找到您。我是古塔达乌罗律师。我不知道您是否记得我……"

他怎么可能不记得这个古塔达乌罗呢,他是黑手党最喜欢的律师,在调查美女米凯拉·利卡尔茨被谋杀一案时,他不是试图坑害当时的蒙特路撒行动队队长吗?一条蠕虫都比这个奥拉齐奥·古塔达乌罗更有尊严感。

"您可以等我一下吗,律师?"

"当然可以!倒是我应该……"

蒙塔巴诺任由他继续说,自己去卫生间撒了泡尿,好好洗了把脸。和古塔达乌罗谈话时必须机敏警惕,要从他用的词语中抓住飞逝而过的最细微的意思。

"我来了,律师。"

"今天早上,我亲爱的警长,我去看望我的老朋友兼客户巴尔杜乔·西纳戈拉先生,您一定知道他的,就算不认识,至少听过名字吧。"

不只听过名字,还知道他的名声。他是两大黑手党家族其中一个的家长,另一个是古法罗家族,他们两家正在争夺蒙特路撒省的地盘。每个月双方都至少有一人丧命。

"是的,我听说过。"

"好的。巴尔杜乔先生年纪大了,前天他满九十岁。他有些病痛,这在他这个年纪也是正常的,但他的头脑仍然十分清醒,他记得所有事、所有人,看报纸和电视。我经常去看他,因为他的记忆,我要谦卑地承认,还有他启迪人心的智慧令我着迷。您想想……"

奥拉齐奥·古塔达乌罗律师想要开玩笑吗？半夜一点往他家里打电话就只是为了详细描述巴尔杜乔·西纳戈拉这种罪犯的身体和精神状况，这样的人难道不是明天就死了才会对大家都好吗？

"律师，您不觉得……"

"请您原谅我这冗长的偏题，警长，我一谈起我极为崇敬的巴尔杜乔先生……"

"律师，您看……"

"对不起，对不起，对不起。可以原谅我吗？原谅我吧。我说重点。今早，巴尔杜乔先生在说这说那时，说到了您的名字。"

"说这说那？"

蒙塔巴诺忍不住想要评论一番。

"我不明白。"律师说道。

"算了。"

蒙塔巴诺没说别的，他想要古塔达乌罗说。他自己要多出只耳朵才行。

"他问起您。问您是否健康。"

警长的脊背打了个小小的寒战。如果巴尔杜乔先生问到一个人的健康状况，那十有八九，那个人几天之内就要躺在维加塔山丘的公墓里了。但是这次他也没有开口，他想促使古塔达乌罗继续说下去。你自作自受吧，蠢货。

"事实是他很想见您。"律师说道。他终于说到重点了。

"没问题。"蒙塔巴诺以一种英国人的自信说道。

"谢谢，警长，谢谢！您无法想象我对您的回答感到多么高兴！我早就确定您会满足一个老人的愿望的，尽管人们议论他的那些事……"

"他要来警局吗？"

"谁？"

"什么谁？西纳戈拉先生。您不刚说他想见我吗？"

古塔达乌罗尴尬地嗯、嗯两声。

"警长，事实上巴尔杜乔先生行动十分不便，他站不起来了。对他来说到警局会非常痛苦的，您明白的……"

"我很明白像他这样的人到警局会有多痛苦。"

律师宁愿不去在意这个嘲讽。他沉默不语。

"那么我们可以在哪儿见呢？"警长问道。

"嗯，巴尔杜乔先生建议……总之如果您能好心来他这儿的话……"

"我并不反对。当然，首先，我要通知我的上级。"

当然，他并无意跟那个白痴的博奈蒂-阿尔德里奇说这件事。但他想跟古塔达乌罗开个小玩笑。

"真有必要吗？"律师用哀怨的声音问道。

"是的，我认为必要。"

"是这样，您看，警长，巴尔杜乔先生想要一次私人会谈，很私人的会谈，也许这会成为某些重要发展的序篇。"

"序篇，您说？"

"嗯，是的。"

蒙塔巴诺大声地、屈从地叹了口气，就像商人被迫要贱卖东西一样。

"这样的话……"

"您看明天晚上大约六点半行吗?"律师及时地答复,生怕警长会反悔。

"行。"

"谢谢,再次谢谢您!巴尔杜乔先生和我都不曾怀疑过您绅士般的优雅,您的……"

## 五　猜想

早上八点半他从车里一出来,就在街上听到从警局里传来巨大的喧哗声。他走进去。头十个被传唤的人,五位丈夫和他们的妻子过早地出现了,他们的行为举止就像是幼儿园的小孩子一样。他们笑着,开着玩笑,推搡着,互相拥抱。蒙塔巴诺脑中立刻想到或许应该有人考虑建一些社区托老所。

卡塔莱拉被法齐奥安排来维持秩序,他有倒霉得想要喊出来的念头。

"警长本人已经到了!"

眨眼之间,说不清楚是怎么回事,幼儿园就变成了战场。狠推,使绊子,相互之间一会儿用胳膊肘拐,一会儿拉扯上衣,在场的所有人都争先恐后地向警长袭来。在争斗过程中,他们大声叫嚷,以致蒙塔巴诺在一片完全无法理解的声音中间什么也听不出来。

"发生了什么事情?"他以军人的口吻问道。

结果是相对安静了些。

"我要求不许有任何偏向!"一个人说道,他比侏儒高不了多少,刚到警长的鼻子下面,"请按照字母顺序进行好吗!"

"不,长官,不,长官!我们应该按照年龄的顺序。"另一个人愤怒地声称道。

"您叫什么名字？"警长问那个最先讲话的矮个儿。

"我叫路易吉·阿巴特。"他边说边环顾四周，好像准备好去驳斥任何不同的意见。

蒙塔巴诺暗自庆贺自己猜对了。他早就在心里想，这个小个子坚持按字母顺序，那他的姓一定是阿巴特或阿贝特，因为在西西里没有阿尔瓦勒、阿阿尔多这样的名字。

"您呢？"

"阿尔图罗·佐塔。我是在场的所有人中年龄最大的！"

警长对第二个人的猜测也没有错。

厄运般地走过这十个人就好似走过上百人，警长把自己、法齐奥和卡鲁佐挡在了房间里，只留卡塔莱拉守在外面控制着老年人们其他可能的骚动。

"但是他们怎么全到了？"

"警长，如果您真想知道整个事情的来龙去脉的话，那么今早八点时就已经来了四个被传唤的人，两位丈夫，两位妻子。您又能怎么样，他们年纪大了，他们觉少，又被好奇心活吞了。您想想那边还有一对应该十点才来的夫妇呢。"法齐奥解释道。

"听着，我们商量好，你可以自由发问你们认为合适的问题。但有几个是必须问的。你们记一下。第一个问题：在郊游之前就认识戈利弗夫妇吗？如果认识，在哪儿，什么时候，怎么认识的。如果有人说之前就认识戈利弗夫妇，你们不要让他走，因为我要跟他谈。第二个问题：戈利弗夫妇在大巴上坐在什么位置？既要问去程的也要问回程的。第三个问题：戈利弗夫妇在郊游过程中跟什么人说过话吗？如果说了，说什么了？第四个问题：您能跟我说说戈利弗夫妇白天在廷达里时都做了什么吗？他们遇见什么人了吗？他们去拜访谁家了吗？任何有关的消息都是重要的。第五个问题：您知道戈利弗夫妇是否在回程时乘客要求的三次额外停车中下了车吗？如果有，是在三次中的哪一次？您看见他们重新上车了吗？第六个也是最后一个问题：您在大巴到达维加塔后有注意到他们吗？"

法齐奥和卡鲁佐互相看了看。

"我好像明白了您认为戈利弗夫妇在回程中发生了什么事。"法齐奥说道。

"这只是一个假设。我们正是要在这上面下功夫。如果有人来说他看见他们安安静静地在维加塔下车回家了，那么我们就要把这个假设永远埋起来了。我们就要推倒重来。有一件事我要叮嘱你们，你们尽量多转变话题，如果我们给这些老人留有太多空间的话我们就惨了，他们会跟我们讲他们的人生故事的。另一个嘱咐，你们把每一对夫妇分开问，一个人问妻子，一个人问丈夫。"

"为什么？"卡鲁佐问。

"因为他们会完全善意地互相影响。你们两个每人问三个，我问其余的。如果你们照我说的去做，圣母又保佑我们的话，我们很快就能做完。"

从第一个讯问开始，警长就相信他几乎肯定是搞错预期了，每一个对话都很容易偏离正轨，走向荒诞。

"我们刚才已经认识了。您好像叫阿尔图罗·佐塔,是吧?"

"当然是。阿尔图罗·佐塔,是乔瓦尼的儿子。我父亲有个堂兄,是个锡匠。人们经常把他俩弄混。但我父亲……"

"佐塔先生,我……"

"我还想说我很高兴。"

"高兴什么?"

"高兴您按照我让您做的方式做了。"

"也就是说?"

"按照年龄的顺序。我是所有人中年龄最长的。再有两个月零五天我就七十七岁了。需要尊重年纪更大的人。这也是我一直跟我的那帮讨厌鬼孙子们讲的话。缺少尊重把这个散发恶臭的世界弄得更糟了。您也没生在墨索里尼的时代。在墨索里尼时代就少不了尊重!如果你不尊重,咔嚓,他就会砍了你的头。我记得……"

"佐塔先生,其实我们后来决定不按任何顺序,既不是字母顺序也不是……"

老人听了就"咿咿咿咿"地傻笑着。

"我刚说对了吧?我敢把命赌上!在这里,在这个本应该最讲秩序的地方,不是的,长官,他们根本没把秩序当回事!真他妈的!这就是这里做事情的方式!任何事都是!乱七八糟,上下颠倒!我说,你们喜欢用手走路吗?然后当我们抱怨我们的孩子吸毒、偷东西、杀人时……"

蒙塔巴诺心里在咒骂。他怎么就让自己落入这个唠叨老头的陷阱中了呢?他要阻止这般口若悬河。立刻。否则他将无法挽回地被卷进去。

"佐塔先生，请不要离题。"

"哎？"

"不要离题！"

"谁离题了？您认为我早上六点钟起来就是为了来这儿离题的？您认为我没有更好的事情可做了？我是退休了，但……"

"您认识戈利弗夫妇吗？"

"戈利弗夫妇？在郊游之前从未见过。就算郊游之后我也不能说我就认识他们了。名字是知道了。当司机在出发前点名时我听到他们声音了，他们回答'在'。我们没有打过招呼，也没有说过话。连偷看一眼都没有。他们很安静、不合群，只在意他们自己的事。现在您看，警长先生，这种旅行很美好，因为所有人在一起做伴。大家开玩笑、大声欢笑、唱歌。但是如果……"

"您确定您从不认识戈利弗夫妇吗？"

"在哪儿认识？"

"嗯，在市场，或是烟草店。"

"我妻子负责买东西，再说我也不抽烟。但是……"

"但是？"

"我过去认识一个叫彼得·吉弗的人。他们兴许是亲戚呢，只是名字中少了个字母'r'。这个吉弗是旅行推销员，是个爱开玩笑的家伙。有一次……"

"在廷达里度过的那个白天中，您偶然间遇到过戈利弗夫妇吗？"

"我和我妻子在前往我们要去的地方时没看见任何旅行团中

的人。我们到巴勒莫时？我有个小舅子在那儿。我们去埃里切时？我在那儿有个表弟。他们会铺开红地毯，邀请我们共进午餐。在廷达里，我们还没说到呢！我有个侄子，菲利普，他会来公共汽车站接我们，带我们到他家，他妻子会给我们准备地道的巴勒莫'斯芬乔内'比萨作为头餐，之后是一盘……"

"当司机在回程点名时，戈利弗夫妇答应了吗？"

"是的，长官，我听到他们回答了。"

"您是否注意到他们在大巴回程时额外的三次停车中下去过？"

"警长，我就是在讲我的侄子菲利普给我们准备了什么吃的。我们都从椅子上站不起来了，您看我们有多饱！在回程中到了预计要停下来喝点儿咖啡、吃点儿饼干的地方时，我都不愿意下车了。后来我妻子提醒我说这个钱都已经花了。我们又能怎么办？就这样我只喝了一点点奶再加两块饼干。马上我就困了。我吃完饭总是犯困。简言之，就是我睡着了。还好我没要咖啡！因为您应该知道，我的警长先生，咖啡……"

"……会让您无法合眼。当你们到维加塔时，您看见戈利弗夫妇下车了吗？"

"尊敬的警长，那个时间，天那么黑，我实际上都不知道我妻子是否下车了！"

"您记得你们坐在什么位置吗？"

"我记得很清楚我和我妻子坐在哪里。正好在大巴的中间。前面是布法罗塔夫妇，后面是拉古里亚夫妇，旁边是贝尔西科夫妇。所有这些人我们都认识，这已经是我们在一起的第五次旅行了。布法罗塔夫妇,可怜的人啊,他们需要放下烦恼,休息一下。他们的大儿子皮皮诺死在了……"

"您记得戈利弗夫妇坐在哪里吗?"

"我觉得是最后一排。"

"是五个座位连在一起,没有扶手的那排吗?"

"好像是。"

"好的,就这些,佐塔先生,您可以离开了。"

"什么意思?"

"意思是我们问完了,您可以回家了。"

"为什么?!这是什么见鬼的方式?就为了这样愚蠢的问话,你们烦扰一个七十七岁的老人和他七十五岁的夫人?早晨六点我们就起来了!您觉得这对吗?"

最后一个老人离开时已经将近一点了,警察局像是变成了一个刚刚挤满了人进行野餐的地方。就算办公室里没有草,但是如今哪里还能看得见草呢?仍然在市郊坚持生长的那是草吗?四片发育不良的、半黄的草叶,如果你把手插进去,百分之九十九的几率你会被一个隐藏的注射器刺痛。

在这些美好的思绪中,一种坏情绪正重新向警长袭来,他注意到负责打扫卫生的卡塔莱拉,突然间停了下来,一只手拿着扫把,另一只手里有某样分辨不清的东西。

"天啊!"他咕哝着,当他看清从地上捡起后握在手里的是什么东西时他极为震惊。

"什么东西?"

突然间,卡塔莱拉的脸变成了一团烈火。

"一个避孕套,头儿!"

"用过的?!"警长十分惊讶。

"不,头儿,还没开包装。"

这就是,和真正的野餐剩下的垃圾唯一的不同。其余的,都是一样的令人沮丧的污秽之物,纸巾、烟头、可口可乐罐、啤酒罐、橘汁罐、矿泉水瓶、面包和饼干碎块,甚至还有一个在角落里慢慢化掉的蛋卷冰淇淋。

蒙塔巴诺在对比了他自己、法齐奥和卡鲁佐在问讯中得到的回答后得出了结论,这无疑是导致他的坏情绪的一个原因,即使这不是最主要的原因,那就是他们对戈利弗夫妇的了解还是之前那么多。

大巴上除了司机的位置之外,一共有五十三个座位。四十个乘客全都集中在大巴的前部,过道两边各是二十个。而戈利弗夫妇无论是去程还是回程,都坐在最后那排五个座位中的两个,身后是大大的后车窗。他们没跟任何人说话,任何人也没有和他们说一句话。法齐奥向他汇报说其中一个乘客讲:"您知道吗?不一会儿我们就都忘了还有他们在,就像他们不是跟我们在同一个大巴上旅行一样。"

"但是,"警长突然说道,"还缺太太生了病的那对夫妇的做证。好像是施迈夫妇吧。"

法齐奥微微一笑。

"您相信施迈太太会错过这次的欢聚吗?她的朋友们都在,

只有她不在？她来了，丈夫陪着，她几乎都站不起来。发烧三十九度。我和她谈过了，卡鲁佐和她丈夫谈的。没什么，只是施迈太太让自己过度劳累了。"

他们情绪低落地互相看看。

"一晚上浪费了，还是个女儿。"卡鲁佐评论道，他引用了丈夫在坐等了一个晚上妻子生产，结果看见生的是个小丫头而不是盼望的小子时常会说的一句俗语。

"我们去吃饭吗？"法齐奥站起身问道。

"你们去吧。我还要留一会儿。今天谁值班？"

"加洛。"

剩下自己一个人了，蒙塔巴诺开始研究起法齐奥画的大巴的草图来。在大巴的顶端画了一个孤立的小长方形，里面写着：司机。接着画了十二排，每排四个长方形，里面分别写着坐在座位上的人的名字。

看着这个草图，警长发现法齐奥抑制住了想要把长方形画得尽量大的企图，因为他应该会想要在里面写上座位上人的完整的身份信息，名字、姓、父亲、母亲……在有五个座位的最后一排，法齐奥把戈利弗这个姓的字母写满了五个长方形：显然，他也不知道这五个座位中哪个是失踪的人曾经坐过的。

蒙塔巴诺开始想象这次旅行。最开始互相打过招呼后，不可避免地会有几分钟时间是大家安安静静地整理自己的东西，解开围巾、摘下帽子，检查包里或衣兜里是否装好了眼镜、家里的钥匙……之后渐渐开始有了欢乐的气氛，大声的交谈，各种句子交织在一起……司机问道:"你们想要听广播吗?"大家一致说不要……也许,时不时地有人会回头看一眼大巴末端,看看最后一排的戈利弗夫妇,那两人挨在一起,一动不动,像是聋子,因为在他俩和其他乘客之间有八个空着的座位,它们就像是一种屏障,隔断了各种声音、词语、嘈杂和欢笑。

这时蒙塔巴诺用手拍了下前额。他忘了!司机曾跟他说了一件很确切的事情,而他彻底地把这件事忘在脑后了。

"加洛!"

与其说他叫的是个名字,倒不如说从他嗓子里发出的是如窒息一般的哭声。办公室的门开了,加洛害怕地走进来。

"怎么了,警长?"

"立刻给我打电话到大巴的公司,我忘了是什么名字了。如果有人接,马上让我跟他说。"

他很幸运。接电话的是会计。

"我需要一个信息。在上周日去廷达里的旅行中,除了司机和乘客之外,还有其他人在车上吗?"

"当然了。您看,警长,我们公司允许一些家居用品、洗洁剂、装饰品的销售代表来介绍他们的产品……"

那人以一种国王给予恩惠的口吻说道。

"你们能从中得到多少?"蒙塔巴诺以一个毫无敬意的臣民的口吻问道。

"这要……要……考……考虑到比……比例问题……"

"我不感兴趣。我想要在那次旅行中的销售代表的名字和他的电话号码。"

"喂？是蒂莱奥家吗？我是蒙塔巴诺警长。我想跟贝阿特里切太太或小姐讲话。"

"我就是，警长。贝阿特里切小姐。我正想着您什么时候会找我进行问讯呢。如果您今晚之前不给我打电话的话，我就要去警察局找您了。"

"您吃完饭了？"

"我还没吃呢。我刚从巴勒莫回来，参加了大学里的一个考试，因为我一个人住，所以我要开始做饭了。但我并不太想做饭。"

"您愿意来跟我一起吃饭吗？"

"为什么不愿意呢？"

"那我们半小时后在圣卡洛杰罗餐馆见。"

这个时间正在卡洛杰罗的小馆子里吃饭的八个男人和四个女人一个接一个地把手中的叉子停在半空中，看着刚刚走进来的这位小姐。一个真正的美人，高挑苗条、金色的长发、碧蓝的眼睛，就是人们在杂志封面上看到的那种，只不过她有一种邻家好女孩的气质。她来圣卡洛杰罗的小吃部干什么？警长刚想问自己这个问题，那尤物就朝他的桌子径直走来。

"您是蒙塔巴诺警长，对吧？我是贝阿特里切·蒂莱奥。"

她坐下。蒙塔巴诺却站了一会儿，不知所措。贝阿特里切·蒂莱奥没有一丝妆容，完全自然。也许正因此，在场的其他女人都一直不带嫉妒地看着她。要怎么样去嫉妒一朵茉莉花呢？

"你们吃点儿什么?"卡洛杰罗走过来问道,"今天我准备了鱿鱼墨汁炒饭,非常特别。"

"我可以。您呢,贝阿特里切?"

"我也要这个。"

蒙塔巴诺很满意地注意到她没有补充一些女性典型的叮嘱:请不要给我太多,就两小勺,一小勺,十三粒米。上帝啊,真受不了!

"第二道菜我有前晚捕到的狼鲈或者……"

"我都行,不用或者。您呢,贝阿特里切?"

"就狼鲈吧。"

"警长您还是往常的矿泉水和科尔沃白葡萄酒。您要什么,小姐?"

"同样的。"

他们是什么关系,结婚了吗?

"对了,警长,"贝阿特里切微笑着说,"我要向您供认一件事情。我吃饭的时候是不说话的。因此请您在炒饭上来之前问我,或是在两盘中间问我。"

耶稣啊!在生活中真的会发生遇到一模一样想法的人的奇迹!可惜的是,看一眼也知道,她应该比他小差不多二十五岁。

"什么问不问的!您就给我讲讲您自己的情况就行了。"

就这样,在卡洛杰罗端着那盘只是稍有特别的炒饭上来之前,蒙塔巴诺已经了解到贝阿特里切正好二十五岁,已经完成了在巴勒莫大学文学系的学校课程,现在做西里奥家居用品公司的销售代表赚钱以便继续学业。尽管她表面上是西西里人,但骨子里一定是诺曼人的后裔,出生在阿依多内,她的父母现在还住在那里。那为什么她要在维加塔居住和工作呢?很简单:两年前,在阿依多内,她认识了一个维加塔男孩,也是巴勒莫大学的学生,学法律的。他们俩相恋了,她和反对他们恋爱的父母大吵一场,之后她就追随那男孩来了维加塔。他们在皮亚诺兰特那地区的一栋简陋的经济型公寓的六层找了一个套间。但从卧室的阳台可以看到大海。在四个月的幸福生活之后,罗贝托,他男朋友,给她留了一张文雅的字条,告诉她他要迁居罗马了,他的未婚妻,一个远房表妹正等着他。她没脸面再回阿依多内。就是这样。

之后,他们的鼻子、味蕾、喉咙就都被炒饭那绝妙的香味征服了,两人默默吃饭,像说好的那样。

在等狼鲈的时候他们又聊起来。先提到戈利弗夫妇的反而是贝阿特里切。

"失踪的这对夫妇……"

"不好意思,但您在巴勒莫是怎么知道……"

"昨天晚上'西里奥'的经理给我打了电话。他跟我说您召集了所有参加郊游的人。"

"好吧,您继续往下说。"

"我不得不带一些样品。如果大巴是坐满人的,那么那些笨重的装了两大箱的样品就要放到底下的行李层里。可大巴如果没有坐满,我通常就把它们放到最后一排,有五个座位的那排。我会把两个箱子放在距离车门最远的那两个位子上,以便不影响乘客们上下车。而戈利弗夫妇正好就去坐了最后一排。"

"剩下的三个座位中他们坐了哪个？"

"戈利弗先生坐中间那个，前面是过道。他妻子坐他旁边。空着的位子是离车门较近的那个。"

"我七点半到的时候……"

"拿着样品吗？"

"不是，样品是'西里奥'的一个员工前一天晚上就在大巴上放好的。当我们回到维加塔时这个员工还要再来拿这些样品。"

"您就继续说吧。"

"当我看见他俩正好坐在装样品的箱子旁边时，我就建议他们换一个更好的座位，因为大巴那时还很空，也没有给其他人预留的座位。我解释说我需要展示商品，在他们面前来来回回的会让他们烦的。那位太太连看都没看我一眼，目光一直直视前方，我还以为她是聋子呢。而先生呢，倒是好像有些担心，不，不是担心，是紧张，他回答我说我可以做我需要做的事，但他们更愿意待在那个位置。在旅程中间，我要开始我的工作了，我就让那先生站起来一下。可您知道他怎么做的吗？他用屁股去撞他妻子的屁股，让她移到靠近车门的那个空座上。而他就滑到她旁边。这样我就可以拿我的煎锅了。但当我转身回到司机那里，一手拿着话筒，一手拿着煎锅的时候，我看见戈利弗夫妇又坐回到之前的位置上了。"

她笑了。

"我觉得十分好笑。但是之后……有一个常来郊游的人，米斯特莱达骑士，他迫使他妻子从我这儿买了三个套装。您明白吗？他爱上我了，我还没跟您说他妻子向我投来怎样的目光呢！

不管怎么样，我们给每一位购买者都赠送一块会讲话的手表，就是那些流动小贩卖的一万里拉一块的那种。而且我们给每个人都免费提供一支刻有我们公司名字的圆珠笔。戈利弗夫妇连圆珠笔都不要。"

狼鲈上来了，他俩再一次沉默了。

"您想要点儿水果吗？咖啡？"当狼鲈很可怜地只剩下它的骨头和脑袋的时候，蒙塔巴诺问道。

"不用了。"贝阿特里切说，"我喜欢回味大海的味道。"

他们不仅是一对双胞胎，而且是连体双胞胎。

"总之，警长，在我做销售宣传的整个过程中，我时不时地会看一下戈利弗夫妇。他们就静止地坐在那儿，只有先生有几次转身透过后车窗向后看，就好像他担心某辆车在尾随大巴似的。"

"或者正相反，"警长说道，"他是为了确定某辆车是否在好好地跟着大巴。"

"可能是。在廷达里时他们没跟我们一起吃饭。我们下车时，他们仍然在车上坐着。我们回来时他们也还在那儿。在回程中，他们也没在停靠站下车喝杯咖啡。但有一件事我确定：是他，戈利弗先生，想要在天堂酒吧餐厅那儿停车的。就差不远我们就到家了，司机想要继续开。但他反对。于是几乎所有人又都下了车。我待在车上。之后司机按了喇叭，乘客们又重新上车，大巴才又开走。"

"您确定戈利弗夫妇也重新上车了吗？"

"这个我不能保证。在那次停靠时，我开始听随身听里的音乐，我戴了耳机，眼睛又闭上了。简言之，我犯困了。等到维加塔我再次睁开眼时，大部分的乘客都已经下车了。"

"那么有可能戈利弗夫妇已经走在回家的路上了。"

贝阿特里切张开嘴好像要说什么，但又不说了。

"您继续说吧，"警长说道，"任何事情，哪怕是那种在您看来很愚蠢的事，对我都可能是有用的。"

"好吧，当公司的那位员工上来取样品的时候，我在旁边帮他。当我往我这边拉第一个箱子时，我把手撑在不久之前还应该是戈利弗先生坐的位子上。它是凉的。在我看来，那两人在天堂酒吧那站之后并没有上车。"

## 六  橄榄树

卡洛杰罗拿来了账单,蒙塔巴诺付了钱,贝阿特里切站起身来,警长尽管深感遗憾,也只好起身。这女孩真是上帝创造的奇迹,但没有什么可以做的,事情只能到此为止了。

"我送您。"蒙塔巴诺说道。

"我有车。"贝阿特里切回答道。

恰在这时,米密·阿乌杰罗出现了。他看见蒙塔巴诺就径直朝他走来,可突然停住,睁大了眼睛,就好像民间传说中天使飞过时说了"阿门",然后每个人就都定在了原位一样。很显然他的视线聚焦在贝阿特里切身上。然后突然他就转身好像要离开似的。

"你找我?"警长留住他。

"是啊。"

"那你为什么又要走啊?"

"我不想打扰你。"

"什么打扰不打扰的,米密!你来。小姐,我向您介绍我的副手,阿乌杰罗警官。贝阿特里切·蒂莱奥小姐上周日和戈利弗夫妇一起去了旅行,她跟我讲了很有趣的事。"

米密只知道戈利弗夫妇失踪了,但对调查的情况一点儿也不了解，但是现在他无法张口，是因为他的眼睛只是盯在那女孩身上。

此时那个恶魔，也就是撒旦，化身出现在了蒙塔巴诺身旁。除了警长，其他人都看不见，撒旦就是传统的打扮：长满了毛的皮肤，分开的脚趾，尾巴，短短的角。警长感到他火热的、有着硫黄味道的呼吸正灼烧着他的左耳。

"你让他们好好认识一下。"撒旦命令道。

"您有五分钟的时间吗？"警长微笑着问贝阿特里切。

"有，我一下午都有空。"

"你呢，米密，你吃过饭了吗？"

"嗯……嗯……还没。"

"那么你坐我的位子点些吃的，小姐可以跟你讲讲她告诉我的关于戈利弗夫妇的事情。我呢，很可惜，有紧急的事情要去处理。我们晚些时候在办公室见吧，米密。再一次谢谢您，蒂莱奥小姐。"

贝阿特里切重新坐下，米密低下身坐在座位上，身体僵直得好像穿了中世纪的铠甲。他仍然不能理解他怎么会遇到上帝的这份恩惠，但是他更不理解的是蒙塔巴诺怎么会不寻常地对他这么好。警长这时边哼着歌边离开了小吃部。他已经播下了种子。如果土壤肥沃（米密这片土壤的肥沃性他毫不怀疑），种子会生长起来。到那时，再见吧，莱贝卡，还是叫什么来着，再见吧调任申请。

"对不起，警长，但您不觉得您有些恶臭吗？"蒙塔巴诺的良心以愤慨的声音向他的主人问道。

"耶稣啊，真是烦人！"他回答道。

在卡维里奥内咖啡馆前面站着的就是店主阿尔图罗，他倚着门框，晒着太阳。他穿得像个乞丐，夹克和裤子都磨旧了，渍迹斑斑，可是他却能放出四十到五十亿里拉的高利贷。这个吝啬鬼出身于一个有名的吝啬鬼世家。有一次他给警长看了一块牌子，黄黄的，上面全是苍蝇屎，那是他祖父在世纪初时就展示在咖啡馆里的东西："坐到桌子旁的任何人都必须喝杯水。一杯水两分钱。"

"警长，您来杯咖啡吗？"

他们进到里面。

"给警长一杯咖啡！"阿尔图罗向吧台服务生命令道，而他自己则把蒙塔巴诺从兜里掏出的钱放进收银台的抽屉里。倘若有一天阿尔图罗能下定决心免费提供几块面包，那一定是世界要亲历诺查丹玛斯①所预言的某种大灾变的日子。

"什么事情，阿尔图？"

"我想和您谈谈有关戈利弗夫妇的事。我认识他们，因为夏天的时候，每个星期日的晚上，他们都会坐在桌旁，总是就他们两人，点两块冰淇淋蛋糕：奶油夹心巧克力的先生吃，榛仁奶油的太太吃。那天早上我看见他们了。"

"哪天早上？"

"他们去廷达里的那天早上。大巴起点站就在前面一点儿的

---

① 诺查丹玛斯（1503—1566），法国籍犹太裔预言家，写有预言集《诸世记》。

广场上。我早上六点开门,或早几分钟,或晚几分钟。那时戈利弗夫妇就已经到这儿了,站在关着的百叶窗前面。而大巴要七点钟才出发呢,您瞧瞧!"

"他们喝了或吃了什么东西吗?"

"大概十分钟之后,面包师从烤箱里拿了热面包给我,他俩每人吃了一个。大巴六点半到的。司机叫菲利普,他进来点了杯咖啡。之后戈利弗先生就走过去问他是否可以让他俩先上车。菲利普说可以,他俩就出去了,连声再见也没跟我说。他们担心什么,错过大巴吗?"

"就这些?"

"是的。"

"听着,阿尔图,那个被杀的男孩,你认识吗?"

"乃奈·桑菲利普?直到两年前他都定期来这儿打桌球。后来就很少露面了。只有夜里能看见。"

"什么,夜里?"

"警长,我夜里一点关门。他有时过来买几瓶威士忌、杜松子酒这类的东西。他开车来,几乎每次车里面都有一个女孩。"

"你曾经认出过谁吗?"

"没有。也许他是从巴勒莫,从蒙特路撒,从谁知道什么鬼地方把她们带来的。"

他回到警局门口,却一点儿也不想进去。他的办公桌上有高高的一摞纸在等着他去签字,一想到这儿他的右胳膊就疼。他摸摸兜儿确认有足够的香烟,于是他回车里,往蒙特路撒方向开去。就在两座城镇之间的半路上,有一条乡村小道,隐藏在一个广告牌后面,小路通向一座摇摇欲坠的荒废的村舍,在村舍后面有一棵巨大的撒拉逊橄榄树,肯定有两百年以上的树龄了。它看上去像棵假树,像一种舞台布景,好像出自古斯塔夫·多雷①的想象,或是为但丁的《地狱篇》画的插图。最下面的树枝在地上拖曳着、缠绕着,它们尽了力,但却无法再向天空伸展,在它们前进过程中的某一刻,它们对付出的努力进行了重新考虑,然后决定向着树干退回来,来一个大转弯,或者在某种情况下弯成了一个结。可不一会儿,它们又改变主意了,再次向后退,好像看见虽已随着年代布满麻痕、烧伤、皱纹但依然强壮的树干让它们害怕了。在退回去的过程中,树枝们是沿着和之前不一样的方向。它们看上去就像是毒蛇、巨蟒、王蛇和南美蟒蛇突然变形成的橄榄树枝。它们似乎很绝望,永世不得翻身,因为巫术把它们冻住——要是按照蒙塔莱②的话就是"结晶"在了难以逃脱的悲剧的永恒当中。中间那些已经差不多一米长的树枝马上也犹疑起来,是该向上还是向着地面跟树根合并到一起呢。

蒙塔巴诺在没有他所追寻的大海的气味的时候,就只好用参观橄榄树来代替沿着防波堤散步了。他叉开腿坐在低处的一根树杈上,点燃一支香烟,开始思考需要解决的问题。

他已经发现了,乱绕、纠缠、弯曲、重叠,总之,树枝的迷宫,以某种神秘的方式,几乎可以模拟地反映出他脑中所发生

---

① 古斯塔夫·多雷(1832—1883),19世纪法国著名版画家、雕刻家和插图作家。
② 埃乌杰尼奥·蒙塔莱(1896—1981),意大利诗人、散文家、编辑、翻译家,1975年诺贝尔文学奖得主。

的一切，各种假设相交错，各种推理相累加。如果某个猜测起初看上去太草率、太鲁莽，他眼中的树枝就会摹绘出比他的想法更鲁莽的摆动过程，这让他安下心来，让他继续思考。

遮蔽在银绿色的树叶当中，他可以待在那儿数个小时都不动。一动不动的姿势时不时地被必不可少的点烟的动作打断，他抽烟时从不把烟从嘴边拿开，或是小心地用鞋跟磨搓来熄灭烟蒂。他一动不动以至于蚂蚁可以不受干扰地爬上他的身体，钻进他的头发里，从他的手掌和前额爬过。一旦他从树杈上下来，他要非常仔细地抖落衣服，那时，他的身上是有蚂蚁们、掉下的某个小蜘蛛，或是某只幸运的瓢虫的陪伴的。

坐在树杈上的时候，他问了自己一个有关今后调查方向的重要问题：在两个老人失踪和男孩子被杀之间有联系吗？

警长抬头让吐出的烟雾好好落下，他注意到橄榄树的一根树枝以一种难以置信的方式摆动着，有棱有角，跳前跳后，某一刻甚至看上去像一个旧式的三片式散热器。

"不，我不会被骗的。"蒙塔巴诺对自己咕哝着，拒绝这种假象。还没必要上演杂技，目前只要事实，只要事实就够了。

加富尔大街44号大楼里的住户，包括门房太太在内，一致声称他们从未见过那对老夫妇和男孩子一起出现过。哪怕是就像在等电梯的时候会发生的那种偶然的遇见也没有。他们的作息时间完全不同，生活规律完全不同。另外，再好好想想，在两个不善交际，甚至脾气很坏，跟任何人都不亲密的老人和一个二十岁，兜里钱多得没处花，隔一天晚上往自己家里带个女孩的人之间能有什么该死的关系呢?

至少现在,最好把两件事分开来看。把失踪的两人和被杀的男孩住在同一幢楼这件事看成是单纯的巧合。目前是要这样了。而且,虽然没有公开说,但他不也是这么决定的吗?他让米密·阿乌杰罗去研究乃奈·桑菲利普的那些页纸,不就是间接地让他去负责凶杀案的调查嘛。而他自己则负责戈利弗夫妇这边。

阿尔丰索和玛尔盖丽达·戈利弗,能把自己锁在家里连续三四天,就像他们被孤独包围了,让人看不到一点儿他们活在房间里的迹象,哪怕是打个喷嚏或是咳嗽一声,什么都没有,就像他们是在排演接下来的消失一样。阿尔丰索和玛尔盖丽达·戈利弗,据他们的儿子回忆,只有一次离开维加塔去了墨西拿。阿尔丰索和玛尔盖丽达·戈利弗,某一天却突然决定去廷达里郊游。他们是圣母的信徒?可他们甚至都没进教堂!

他们是有多么热衷于这次的郊游!

根据阿尔图罗·卡维里奥内所说的,他们在出发时间前一个小时就到了,而且他们是在大巴还完全空的时候第一个上车的。尽管他们当时是车上唯一的乘客,有五十个座位可坐,但他们却选了那最不舒服的座位,已经有贝阿特里切·蒂莱奥装样品的两个大箱子在那儿了。他们选那样的座位是因为没有经验,不知道在最后一排坐拐弯时会晃得非常厉害,胃会很恶心吗?无论如何,他们是因为想独自待着,不跟旅伴们讲话而选了那样的座位的假设站不住脚。如果有人想安静待着,他就待着好了,哪怕是在一百人当中也可以啊。为什么要是最后一排呢?

答案可能就是贝阿特里切跟他讲述的那样。那姑娘已经注意到了阿尔丰索·戈利弗时不时地会转身透过大大的后车窗向后看。从他坐的那个位置可以观察到在他们后面的车辆。然而，反过来，他也可以被跟在大巴后面的汽车看到。看见与被看见：这要是坐在其他的位置就根本不可能了。

到了廷达里之后，戈利弗夫妇并没有移动。在贝阿特里切看来，他们根本没下过车，也没和其他人在一起过，没看见他们转悠。那么那次郊游又有什么意义？为什么他们又那么看重呢？

一直是贝阿特里切揭示出重要的事情。是阿尔丰索·戈利弗在就差半个小时到达维加塔时要求的最后一次停车。也许他是真的要上厕所，但也可能是完全不同的、更令人不安的另一种解释。

也许对于戈利弗夫妇来说，直到出发的前一天，他们都没有一点儿想要参加郊游的愿望。他们只想过一个像以往数百次度过的一样的周日，只是发生了某件事逼迫他们违背意愿去做这次旅行。不是随便的一次旅行，而只是那次。他们接到了一个直接的命令。是谁发出的这个命令，他对这两个老人有什么样的权力？

"要想让事情看上去通顺合理的话，"蒙塔巴诺自言自语道，"我们就说是医生给他们下的命令吧。"

然而他没心情开玩笑。

一个医生如此小心谨慎以至于开着车跟着大巴，而且去程、回程都跟着，以检查他的病人是否一直坐在他们的位置上。而且在晚上，在差不多就到维加塔时，医生用某种特别的方式闪了车头灯。这可能是预先定好的信号。于是阿尔丰索·戈利弗就请司机停车。是在天堂酒吧那里断了这对夫妇的线索。也许谨慎的医生邀请两位老人坐上了他的车,也许他急需给他们量血压。

到这一步,蒙塔巴诺决定是时候该结束泰山和珍妮的游戏而回到文明社会了。在他抖落衣服上的蚂蚁时,他提了最后一个问题:戈利弗夫妇是得了什么隐秘的病而需要一个非常谨慎的医生介入呢?

在开到通向维加塔的下坡路之前,有一个电话亭。很神奇,它还好使。大巴公司的老板马拉斯皮纳先生只花了五分钟的时间就回答了警长的问题。

不,戈利弗夫妇之前从没来过旅行。

是的,他们是最后一刻才预订的,准确说是周六的十三点,报名的最后期限。

是的,他们用现金付的款。

不,做预订的既不是先生也不是太太。托托·贝拉维亚,一个窗口职员,他可以发誓,来报名和付钱的是一个可以辨认出长相的四十岁男人,他自称是戈利弗夫妇的外甥。

他怎么能对这个话题这么有准备?很简单,全城都在谈论戈利弗夫妇的失踪,他太好奇了,事先打听了。

"头儿,两个老人的儿子会在法齐奥的办公室见您。"

"现在还是一会儿后?"

卡塔莱拉没错过任何一个细节。

"都行,头儿。"

"让他进来吧。"

大卫·戈利弗疲惫不堪地出现了,胡子长了,眼睛通红,衣服皱巴巴。

"我要回墨西拿,警长。我在这儿又能做什么?我夜里无法入睡,脑子里总是有同样的思绪……法齐奥先生告诉我你们还什么都没搞明白呢。"

"可惜是这样。但请您不要怀疑一旦有什么新消息我会立刻让您知道的。我们有您的地址吗?"

"是的,我留了。"

"在您走之前,我有一个问题。您有表兄弟吗?"

"是的,有一个。"

"他多大?"

"四十左右。"

警长竖起了耳朵。

"他住在哪儿?"

"在悉尼。他在那儿工作。他有三年没回来看过他父亲了。"

"您怎么知道的?"

"因为他每次回来,我们都尽量会见上一面。"

"您可以把您的这位表兄弟的住址和电话号码留给法齐奥吗?"

"当然可以。但您为什么要呢?您认为……"

"我不想忽略任何事。"

"但您看,警长,只是您能想到我的表兄弟会跟失踪的事有什么关系，那真的很疯狂……请原谅我这么说。"

蒙塔巴诺用一个手势打住了他。

"还有件事。您知道，我们有时会称作表兄弟、舅舅、外甥的人，不一定跟我们有血缘关系，但这样叫是出于好感、有感情……您好好想想。有什么人是您父母会叫作外甥的吗？"

"警长，能看出来您不了解我的父亲和母亲。上帝都不会让他们有这种性情的！不，我觉得他们不可能管一个不是他们外甥的人叫外甥的。"

"戈利弗先生，如果我让您重复说了您已经跟我讲过的事，请原谅，但您要明白，我是为您考虑才这么做的。您绝对确定您父母没跟您讲过任何他们打算去郊游的事吗？"

"什么都没有，警长，绝对没有。他们没有给我写信的习惯，我们只通过电话交谈。而且是我给他们打电话，周四和周日，总是在晚上九点到十点之间。周四，也就是我跟他们最后通话那次，他们没提到任何要出发去廷达里的事。甚至，我妈妈在跟我告别时还说：'像往常一样，我们周日再聊。'如果他们已经计划了那次郊游的话，他们会告诉我如果我打电话他们不在家也不要担心，如果大巴延误的话，他们会告诉我晚一点儿再打过去。您不觉得这样合乎逻辑吗？"

"当然了。"

"然而，他们什么都没跟我说，我周日九点一刻给他们打电话，没有人接。我受的折磨就开始了。"

"大巴是晚上快十一点时才到的维加塔。"

"可我是打了又打，直到早上六点。"

"戈利弗先生,抱歉我们要做各种假设。包括那些令人反感的假设。您父亲有什么敌人吗?"

"警长,如果不是我现在的心情让我哽咽的话,我真的要笑出声了。我父亲是个好人,尽管他个性不太好。就和我妈妈一样。爸爸退休十年了。他从没跟我说过有跟他交恶的人。"

"他有钱吗?"

"谁?我父亲?他靠退休金生活。他是花光了积蓄才买下他们住的房子的。"

他双目低垂,很失望。

"我想不出任何我的父母会想要失踪或是迫使他们失踪的原因。我甚至去找他们的医生谈过。他跟我说在他们这个年龄,他们身体算很好。他们都没有患动脉硬化。"

"有时,到了一定年纪,"蒙塔巴诺说道,"人会很容易受到影响,一下子就被说动心了……"

"我不明白。"

"嗯,比如,某个熟人可能跟他们讲过廷达里黑圣母的圣迹啊……"

"他们要那圣迹干什么?再说,他们对跟上帝有关的事都很冷淡。"

他正要起身去赴巴尔杜乔·西纳戈拉的约会,法齐奥走进了办公室。

"头儿,对不起,您有阿乌杰罗警官的消息吗?"

"我们在吃饭的时候见过。他说他会过来。怎么了?"

"因为帕维亚警局有人找他。"

当下蒙塔巴诺并没有想到什么事。

"从帕维亚打来的？是谁？"

"是一个女人，但她没告诉我她叫什么。"

莱贝卡！一定是担心她心爱的米密了。

"帕维亚的这女人没有他的手机号码吗？"

"她有。但她说无法接通，关机了。她说从午饭后她找了他几个小时了。如果她再打过来我要说什么？"

"你问我啊？"

当他假装发怒地回答法齐奥的时候，他心底里却感到相当高兴。你想要看看种子是否在生长吗？

"听着，法齐奥，你不用担心阿乌杰罗警官。他早晚会回来的。我想告诉你我要走了。"

"回马里内拉吗？"

"法齐奥，我没必要告诉你我要去哪儿或不去哪儿。"

"耶稣啊，我问了什么？什么惹怒您了？我只是问了您一个简单、单纯的问题。请您原谅我如此无礼。"

"听着，是我应该道歉，我有点儿不安。"

"我看出来了。"

"别告诉任何人我下面要跟你讲的事。我要去赴巴尔杜乔·西纳戈拉的约。"

法齐奥脸色变得苍白，瞪大了眼睛看着他。

"您在骗我吗？"

"没有。"

"头儿,那家伙是一只野兽!"

"我知道。"

"头儿,您要怎么生气都行,但我还是要说,在我看来这个约会您不应该去。"

"你好好听我的。巴尔杜乔·西纳戈拉先生目前是一个自由公民。"

"真是自由万岁!那人已经堕入地狱二十年了,他至少应该为二十起谋杀感到内疚!至少!"

"对此我们还不能证明。"

"证明不证明,他也是一坨屎。"

"我同意。但你忘了我们的职业就是要和屎打交道?"

"头儿,如果您真要去,我也跟您一起去。"

"你不能离开办公室。你别让我跟你说这是命令,因为你们这些家伙让我说这话的时候,我都要气死了。"

# 七　赴约

堂·巴尔杜乔·西纳戈拉，和他人口众多的大家庭一起住在一幢非常大的乡下房子里，房子位于远古以来就被叫作楚卡法的山丘顶端，就在从维加塔到蒙特雷阿莱的半路上。

楚卡法山以两大特色而闻名。第一是它整个就是座秃山，没有一根绿草。从没有一棵树能在这座山上生长，哪怕是一根高粱秆，一片续随子，一丛黄芪都无法在这里生长。确实是有一簇树木环绕在房子周围，但那是巴尔杜乔为了能有少许阴凉，把已经长成的树移植到了这里。为了保护它们不干枯、死掉，他让人运来了整车整车的特殊的土壤。第二大特色就是，除了西纳戈拉家的房子外，再看不到其他的住宅，不管是小屋还是别墅，不管是从山的哪侧看。人们只能注意到的是蜿蜒向上的用石头铺砌的宽阔道路，长三公里，是巴尔杜乔用他自己的钱为自己修建的，就像他常说的那样。这里没有其他的住宅不是因为西纳戈拉家族买下了整座山，而是因为别的，更微妙的原因。

尽管一段时间以前新的发展规划就认定楚卡法山的土地是合适的建筑用地，而且土地所有者西多蒂律师和拉乌里切拉侯爵当时都资金短缺，可他们不敢分割土地然后卖了它，因为害怕得罪巴尔杜乔，而巴尔杜乔也召集了他俩，通过隐喻、谚语、逸事让他们知道外人的进入会让他不胜其烦。出于以防有任何危险的误会出现的谨慎心理，西多蒂律师尽管是巴尔杜乔修建的道路所在土地的所有者，却坚决拒绝因为土地未经允许被征用而获得补偿。甚至，在城里有一些恶劣的窃窃私语，说两个土地所有者达成了一致，平分了土地补偿金：律师放弃了土地，而侯爵则把那条路馈赠给了巴尔杜乔，并分担他在劳力上的费用。还有闲言碎语说如果因为恶劣的天气导致那条路上出现坑洼或是凹凸不平，巴尔杜乔就会向侯爵抱怨，然后眨眼之间，侯爵就把钱准备好，之后就会看到那条路又像台球桌那么光滑了。

但三年来，对于争夺这个省控制权的西纳戈拉和古法罗两大家族来说，事情都没以前那么顺利了。

马西诺·西纳戈拉是巴尔杜乔六十岁的长子，他最终因为一堆指控而被逮捕并送入监狱，即使在诉讼准备期间，罗马已经决定取消终身监禁这种罪刑了，立法机关也对他做了例外处理，只对他这个案件维持终身监禁的判决。雅皮基努是马西诺的儿子，祖父巴尔杜乔最疼爱的孙子，三十岁了还很孩子气，他有着天赐的讨人喜欢的、诚实的脸庞，以至于隐退的老人会把自己的积蓄托付给他，可他却被迫要躲藏起来，因为他受到大量逮捕令的追缉。过了几十年靠无精打采、昏昏欲睡就可以混过去的日子后，司法机构这样绝对史无前例的冒犯把巴尔杜乔弄糊涂了，让他心神不安。一听到西西里岛上两个最英勇的法官被杀害的消息时，他就感觉自己年轻了三十岁，而当他得知新来的公诉人——有共产党气味的皮埃蒙特人——对他来说可能是更糟糕的情况时，他就一下子又回到了上了年纪的状态。有一天，他在晚间新闻中看到这个法官跪在教堂里。

"他在做什么，做弥撒？"他惊讶地问道。

"是的，他是信教的。"某个人跟他解释道。

"什么？难道神父们什么都没教过他吗？"

巴尔杜乔的小儿子恩吉力诺已经完全疯了，开始讲一种他坚称是阿拉伯语的别人听不懂的语言。而且从那时起，他开始穿得也像是个阿拉伯人了，因此在城里人们都叫他"酋长"。酋长的两个儿子待在国外的时间比在维加塔多：皮诺，因为他的外交手腕又被叫作"调解人"，他常能在艰难时日重整旗鼓，一直旅行于加拿大和美国两地；卡路佐一年当中有八个月在波哥大。主理家庭事务的重担因此又全部落在了巴尔杜乔这位大家长的肩上了，他让表弟萨罗·马吉斯特罗来帮他的忙。有传闻说这个马吉斯特罗在杀死了古法罗家的一人后，用叉子烤了他的肝脏吃。

而在古法罗家这面，事情也好不到哪儿去。两年前一个星期日的早上，古法罗家八十多岁的大家长堂·西西诺，坐上了车要去参加圣弥撒，他一直虔诚地、持续不断地在做这件事。车是由他小儿子比尔迪诺开的。后者一启动车，就发生了可怕的爆炸，气浪把车玻璃震碎到五公里远。跟这件事一点儿关系都没有的会计师阿尔图罗·斯潘皮纳托以为发生了可怕的地震，就从六楼跳了下来，结果摔得粉身碎骨。在西西诺身上能找到的只有他的左胳膊和右脚，而比尔迪诺只剩下几块烧焦的骨头。

古法罗家并没有像全城人所期盼的那样因为这件事跟西纳戈拉家生气。因为无论是古法罗家还是西纳戈拉家都知道汽车里那颗杀人的炸弹是第三者，一个新兴的黑手党家族的成员放置的，那是一群充满野心、不懂规矩、什么事都做得出来的年轻暴徒，他们满脑子只有赶尽杀绝两大有历史的家族并取而代之的念头。有一种解释。如果一旦贩卖毒品的路子够宽的话，就像一条六车道的高速公路，那么就需要年轻、坚决的新生力量，用他们那既能握卡拉什尼科夫步枪，又能玩转计算机的手来做生意了。

警长在开车前往楚卡法时，脑中想着这些事情。他的脑中还浮现出在电视上看过的一个悲喜交加的场景：一个反黑手党调查委员会的家伙，在一个星期内发生的第十起凶杀案后被派到费拉，他戏剧性地撕扯着自己的衣服，用快要窒息的声音问道：

"国家何在？"

这时，在费拉每天冒着生命危险代表国家权力的少量宪兵、几个警员、两个财政警察、三个检察官都惊讶地看着他。这位杰出的反黑专员很显然陷入失忆状态了：他忘记了，至少他也部分地代表了国家。如果事情发展至此，那么也是他和其他人一起让事情发展至此的。

就在山脚，那条铺砌而成的通往巴尔杜乔房子的孤独道路开始的地方，有一个小平房。蒙塔巴诺的车靠近的时候，两扇窗户的一扇中有一个男人的身影出现。他看见车就把手机放到耳边。那些负责看守的人都要警觉起来了。

在道路两旁有电线和电话线杆，每隔五百米有一块空地，是一个停车场。不可或缺的是，每块空地上都有一个人，或是坐在车里用一根手指抠鼻孔，或是站着数天上飞的乌鸦，或是假装修理摩托车。保镖。武器倒是没看见，不过警长很清楚在必要的时刻它们会从一堆石头后面或是一根杆子后面立马闪现。

巨大的铁栅栏门敞开着，这是房子周围高大的围墙中唯一的开口。而在门口站着的正是古塔达乌罗律师，他满脸堆笑，深躬致意。

"您往前走，然后立刻右转，那儿有停车场。"

这个停车场上有十辆豪华型和经济型的各种档次的车。蒙塔巴诺停下，下了车，看见古塔达乌罗气喘吁吁地跟上来。

"我对您的敏锐、您的理解力、您的聪慧深信不疑！巴尔杜乔先生会非常高兴的！警长，您来，我给您带路。"

进入房子的小路的开端有两棵巨大的南洋杉树作为标志。在树下，一边一个，有两个奇怪的岗亭，因为它们看上去像是给孩子们准备的游乐屋。实际上，可以看到有超人、蝙蝠侠、大力士的不干胶画粘在墙上。但是岗亭也有一个小门和一扇小窗。律师截断了警长注视的目光。

"这是巴尔杜乔先生让人为他的孙子们建的游乐屋。更准确地说，是重孙们。一个也像他一样叫巴尔杜乔，另一个叫塔尼诺。他们分别是十岁和八岁。巴尔杜乔先生爱这两个小家伙爱疯了。"

"对不起，律师。"蒙塔巴诺带着一种天真可爱的表情问道，"有一刻从左边这个小屋的窗户露出头来的胡须男是巴尔杜乔呢还是塔尼诺？"

古塔达乌罗很优雅地无视了这个问题。

这时他们到了房子的正门前，这扇巨大的门是用黑胡桃木制成的，带有黄铜装饰，很暧昧地让人联想到美式风格的棺材。

花园里满是种着玫瑰花、藤蔓植物和其他鲜花的漂亮花坛，还装饰了一个金鱼池（但是那个不幸的家伙是从哪儿找来的水呢？），在花园一角有一个结实宽大的笼子，里面有四只杜宾犬，非常安静，它们掂量着客人的体重和结实程度，明显想要连人带衣服活吞下去。很显然，夜里笼子是开着的。

"不对，警长。"古塔达乌罗眼见蒙塔巴诺径直朝着"棺材"门走去急忙说道，"巴尔杜乔先生在花圃等您。"

他们朝别墅的左手边走去。花圃是一片宽敞的空地，三边都是开放的，天花板就是房子一层的地面。穿过右边六个划定界限的纤细拱门后，可以欣赏到非常漂亮的风景。数公里的海滩和海水延伸到天际边，直到有着参差不齐的轮廓的罗塞罗角才中断。而从另一边看去的全景则让人有很多渴望：一片水泥的广袤之地，没有一丝绿色，湮没在其中的正是远处的维加塔。

花圃里有一张沙发，四把舒适的扶手椅，一只低矮宽大的咖啡桌。差不多十把椅子排成行靠在唯一的一面墙上，它们肯定是开全体会议时用的。

堂·巴尔杜乔实际上只是穿了衣服的骨头架子，他坐在双人沙发上，尽管天并不冷，也没有风，他的膝盖上还是盖着一条苏格兰长披肩。坐在他旁边一张扶手椅上的是一位神父，他穿着教士服，五十岁左右，脸色红润，当警长进来时他站了起来。

"这位就是我们亲爱的蒙塔巴诺警长！"古塔达乌罗高兴地尖声说道。

"请您原谅我站不起来。"巴尔杜乔用一种微弱的声音说道,"我的腿已无法再支撑我了。"

他并没有要与蒙塔巴诺握手。

"这位是堂·沙维里奥,沙维里奥·克鲁切拉,他以前是,而且仍然是雅皮基努的精神之父,我那年幼的圣孙,他被邪恶的人们诋毁、追逼着。还好他是一个有着深厚信仰的好孩子,他忍受着一切迫害。"

"信仰是一件伟大的事情!"克鲁切拉感叹道。

"就算你不睡觉,也可以得到休息。"①蒙塔巴诺补充道。

堂·巴尔杜乔、古塔达乌罗和神父三个人都惊愕地看着他。

"对不起,"克鲁切拉说道,"但我觉得您记错了。那条谚语是关于床的,而且实际上是这样说的,'床是一个伟大的东西/就算你不能入睡,也可以得到休息'。不是吗?"

"您说得对,我搞错了。"警长承认道。

他确实错了。是他妈的什么让他想到靠损毁一句谚语和释义一个有关宗教鸦片的陈腐句子来说笑话的?宗教只是为像巴尔杜乔·西纳戈拉的孙子那样的杀人犯准备的鸦片!

"我告辞了。"神父说道。

他向巴尔杜乔欠了欠身,巴尔杜乔用两只手做手势回应,他也向警长欠身,警长轻轻点了下头,之后他挽住了古塔达乌罗的手臂。

"您会陪我出去的,是吧,律师?"

---

① 蒙塔巴诺在同时嘲笑宗教和安慰失眠的谚语。

他们显然事先计划好了单独留下警长和巴尔杜乔。律师晚点儿还会回来的，只要到了他觉得足够时间让他的客户——他喜欢这么叫他的老板——在没有证人的情况下跟蒙塔巴诺讲了该讲的事情的时候。

"您请坐。"老家伙指着刚才克鲁切拉坐的扶手椅说道。

蒙塔巴诺坐下了。

"喝点儿什么吗？"巴尔杜乔问道，向着沙发扶手上有三个按钮的控制板伸出手去。

"不了，谢谢。"

蒙塔巴诺不禁自问剩下的两个按钮是干什么用的。如果一个是用来叫女佣的，第二个可能是召唤杀手的，那么第三个呢？那个也许会发出总警报，能够引发类似第三次世界大战的事情来。

"我有一事好奇，"老家伙说道，重新调整了下盖在腿上的披肩，"如果刚才，您进来花圃的时候，我向您伸手的话，您会握我的手吗？"

"多好的问题，狗崽子！"蒙塔巴诺想着。

他决定马上真诚地回答他。

"不会。"

"您能告诉我为什么吗？"

"因为我们两人身处路障的相反两边，西纳戈拉先生。而且我们还没有到休战的时候呢，尽管也许用不了太长时间了。"

老家伙清了清嗓子。之后他又清了下嗓子。直到那时警长才明白原来那是笑声。

"用不了多久?"

"已经有信号了。"

"但愿如此。我们谈正经事吧。您,警长,一定会想知道为什么我要见您。"

"没有。"

"您只会说不吗?"

"真诚地说,西纳戈拉先生,作为警察,我对于您可能引起我兴趣的事情已经全知道了。我看了所有关于您的档案材料,哪怕是那些在我出生前就有的材料。作为人,我对您并不感兴趣。"

"那么请您跟我解释一下,您为什么会来?"

"因为我不自认甚高,觉得可以对一个要求跟我讲话的人说不。"

"说得对。"老家伙说道。

"西纳戈拉先生,如果您想告诉我点儿事情,可以。否则的话……"

巴尔杜乔稍显犹豫。他的乌龟脖更加弯向蒙塔巴诺,死死地盯着他看,尽力去睁大因青光眼而变得呆滞的眼睛。

"我小时候曾有着惊人的视力。现在我却越来越看得雾蒙蒙了,警长。雾越来越厚了。我并不只是在说我生病的双眼。"

他叹了口气,身体倚靠在沙发的靠背上,就好像他要陷进里面去了。

"一个人应该活个差不多的岁数。九十岁太多了。而且如果你被迫要去捡回你原以为已经摆脱掉的东西的时候,活着就更难了。雅皮基努的事情把我耗尽了,警长。我担心得睡不着。他甚至得了肺结核。我对他说：'去宪兵那儿自首吧，至少他们会给你治病。'但雅皮基努是小孩子，就像所有小孩子一样固执。不管怎样，我不得不重新考虑再次掌控整个家族。这很难，非常难。因为在这期间时代不再了，人也变了。你不再明白他们是怎么想的了，你不明白什么正从他们的脑中闪过。过去，只是给您举个例子，人们可以对一个复杂的事情进行说理。哪怕会花很长时间，也许日复一日，也许直到口骂脏话，脾气爆发，但人们可以说理。现在人们不想要再说理，不想浪费时间。"

"那么他们怎么做？"

"开枪，我的警长，开枪。我们好像都很擅长开枪，哪怕是团体里最笨的家伙。如果您，例如就是现在，从您的口袋里掏出枪来……"

"我没有，我不带枪出来。"

"真的吗？！"

巴尔杜乔的惊愕是发自真心的。

"我的警长，这太不谨慎了！现在周围有那么多罪犯……"

"我知道。但我不喜欢武器。"

"我也不喜欢。我们重新说回来。如果您用一把枪对准我说：'巴尔杜乔，跪下。'我别无选择。因为我没有武器，我就要跪下。这样合理吗？但这不意味着您是一个值得尊敬的人，这只意味着您是，请原谅我，一个手里拿枪的傻瓜。"

"那么值得尊敬之人应该怎么做呢？"

"不是他应该怎么做，警长，而是他通常怎么做。您不带武器来我这里，跟我讲话，您向我解释问题，告诉我什么事情好，什么事情不好，如果我不赞同您，第二天您会回来我们再理论，我们说来说去直到我相信唯一的解决办法就是像您要求的那样我跪下，这样才对我和其他人都好。"

突然间，曼佐尼《臭名昭著的石柱》①中的一段话掠过警长的脑海，就是一个不幸的人被逼要说出"告诉我您想要我说什么"或是类似的话。但他不想和巴尔杜乔谈论曼佐尼。

"但是我认为在您提到的那些幸福时光中，通常被杀害的却是那些不愿屈膝的人。"

"当然了！"老家伙饶有兴致地说道，"当然！但是杀人是因为他拒绝顺从，您知道这意味着什么吗？"

"不知道。"

"意味着一场输掉的战斗，意味着那人的勇气让我们别无他路可走。我解释清楚了吗？"

"您解释得很清楚。但是，您看，西纳戈拉先生，我来这儿不是为了听您以您的视角来讲述黑手党历史。"

"但是，从法律的视角来讲的历史您已经很清楚了！"

"当然了。但您是一个失败者，或者说几乎是，西纳戈拉先生。历史从来不是由那些失败者书写的。眼下也许是那些不讲理只开枪的人来书写它。现时的胜利者。现在，如果您允许的话……"

他作势要起身，老家伙用手势打住了他。

"对不起。我们这些老东西，疾病缠身，也有了爱唠叨的毛

---

① 是曼佐尼的一部历史评论作品。

病。简言之，警长：我们可能犯了大错。很大的错。我说我们，因为我也代表西西诺·古法罗和他的人在讲。西西诺只要活着就是我的敌人。"

"怎么，您开始后悔了？"

"不是，警长，我在法律面前不后悔。在主的面前，如果时候到了的话，我会。我想要说的是这个：我们犯了一些大错，但是我们总是知道有一条底线是不能跨越的。我们从不越线。因为越过那条线，人和畜生就没有差别了。"

他闭上眼，筋疲力尽。

"我明白了。"蒙塔巴诺说道。

"您真的明白了？"

"真的。"

"两件事都明白了？"

"是的。"

"那么我想要说的我已经说完了。"老家伙睁开眼说道，"如果您想走，您就走吧。再见。"

"再见。"警长边起身边回答道。他再次经过庭院和小路，却没遇见任何人。经过南洋杉树下的两个游乐屋时，他听到孩子们的声音。在一个游乐屋里有一个手里拿着水枪的小孩，在对面的那个屋里，另一个小孩握着一把星际机枪。能看出来古塔达乌罗赶走了有胡子的看守，及时地用巴尔杜乔的重孙们替代了，这样警长脑中就不会有不好的想法了。

"砰！砰！"拿水枪的小孩说道。

"啦嗒嗒嗒嗒嗒。"另外那个拿机枪的回应道。

他们在为长大做练习呢。或者也许不需要他们长大：就在前一天，在费拉，那个被报纸称为"婴儿杀手"的人被捕，他才刚到十一岁。那些开始向政府讲些事情的人中的一个（蒙塔巴诺不想叫他们悔恨者，也不想叫他们司法合作者①）曾经透露，有一种公立学校教授小孩子开枪杀人。巴尔杜乔的重孙们根本不需要上这种学校。在家里，他们可以上任何他们想上的私人课程。

哪儿都没有古塔达乌罗的影子。在大门口有一个戴贝雷帽的人，见他经过脱帽向他问好，之后立刻把大门关上了。下山时，警长不禁注意到那完美的路面，甚至没有一颗卵石，在沥青上没有一条极为细小的裂痕。也许，每天早上，有专门的一队人在清扫道路吧，就好像它是家里的房间一样。维护应该花费拉乌里切拉侯爵一大笔财产。在可以停车的空地上，尽管一个多小时过去了，情况也没有变化。一个家伙继续看着天上飞的乌鸦，另一个在一辆车里抽烟，还有一个一直在修摩托车。对于最后这个，警长很想要找他下麻烦。当他走到那人面前时，他停了下来。

"发动不了吗？"他问道。

"是的。"那人看着他，惊得说不出话来。

"您愿意我帮您看一眼吗？"

"不用了，谢谢。"

"我可以载您一程。"

"不用了！"那人恼火地喊道。

---

① 见第52页脚注。

警长继续走他的路了。在道路尽头的小屋里,那个拿手机的人出现在窗口:他肯定是在通知说蒙塔巴诺正跨过巴尔杜乔王国的国界。

天变黑了。回到城里,警长开往加富尔大街。在44号前面他停了车,打开车里的杂物箱,抓起钥匙,下了车。门房太太不在,走到电梯之前他没遇见任何人。他打开戈利弗夫妇家的门,一进去就立刻把门关上。屋里有种闷热感。他打开灯开始工作。他花了一个小时收集他能找到的所有纸张,把它们塞到他在厨房拿的一个垃圾袋里。还有一个拉加罗尼牌饼干的铁盒,里面塞满了交易凭条。看戈利弗夫妇的这些纸是调查一开始他就应该做的事,但他忽视了。他因为其他的思绪太分心了。可能在某些纸张中会有戈利弗夫妇患病的秘密,而因为这种病一个有良知的医生才被迫干预进来。

当他关客厅灯的时候,他想起法齐奥很担心他与巴尔杜乔的会面。电话在饭厅里。

"喂!喂!是谁啊?这里是警察局!"

"卡塔莱,我是蒙塔巴诺。法齐奥在吗?"

"我现在马上给他。"

"法齐奥?我想告诉你我平安回来了。"

"我知道,头儿。"

"谁告诉你的?"

"没有人告诉我,头儿。您一离开,我就跟在您后面。我在有保镖待的那个小屋附近等您来着。我见您回来了,我也回警局了。"

"有什么消息吗?"

"没有,头儿,除了那位小姐一直从帕维亚打电话来找阿乌杰罗警官。"

"迟早她会找到的。你听我说件事,你想知道和那人见面时我们都说什么了吗?"

"当然想,头儿。我都好奇死了。"

"那我就什么都不告诉你。你自己崩溃去吧。你知道为什么我不告诉你吗?因为你没有听从我的命令。我告诉过你不要离开警局,而你却跟着我了。你满意了?"

他关了灯,肩上吊着袋子离开了戈利弗夫妇的住处。

## 八　两出戏剧

他打开冰箱，因为单纯的幸福感而发出一种类似马叫的声音。他的管家阿黛莉娜用洋葱酱给他做了两条鲭鱼，晚餐吃这个肯定整晚都要消化不好了，但也值得。为了补救，在开始吃之前，他确认了厨房里有包小苏打，上帝保佑。坐在阳台上，他一丝不苟地狼吞虎咽下整盘菜，盘子里只剩下剔除得很干净的鱼刺和鱼头，就像是化石遗迹一样。

之后，清理了桌面，他倒出从戈利弗夫妇家拿回来的装满纸张的垃圾袋。可能一句话、一行字、一个暗示都能指出两个老人失踪的某个理由来。他们保留了所有的东西，信件和贺卡、照片、电报、电费单和电话费单、收入申报说明、发票和收据、广告宣传册、公交车票、出生证明、结婚证、退休金存折、医保卡、其他过期的卡。还有一份"在世证明"①的复印件，简直是官僚主义白痴做法的极致。在这样的证明面前，果戈理用他的死魂灵又会编出什么样的故事呢？如果它落在弗朗茨·卡夫卡手里，他应该会从中挖掘出一部在思想感情上极其痛苦的小说来。现在，人们是怎么弄自我证明的呢？要是用政府部门爱用的词来

---

① 这种官僚做法的主要原因是防止退休金被发放给已经死亡的人。

说，就是按惯例该怎么办呢？一个人要在一页纸上写下"我，署名萨尔沃·蒙塔巴诺，声明我还健在"这样的话，然后签了字，还要把它交给指定的工作人员？

不管怎样，所有讲述戈利弗夫妇活着的故事的纸张加起来也没有很多，只有不到一公斤的纸和碎屑。蒙塔巴诺直到凌晨三点看完了所有的内容。

像人们常说的，一晚上浪费了，还是生了个女孩。他把纸重新塞到袋子里去睡觉了。

和他担心的不同，没受任何折磨，鲭鱼很好地被消化了。因此他能在四小时得以充分休息的睡眠后在七点才醒。他待在淋浴下的时间比平时长，耗费了整个水箱里的水。他回顾着和巴尔杜乔的全部对话，逐词逐句，连停顿都没放过。他想要在采取任何行为之前确定他理解了老家伙向他发出的两条信息。最后他确信了他理解的正确性。

"警长，我想告诉您阿乌杰罗警官半小时前打来电话，说他大概十点钟过来。"法齐奥说道。

他做好了思想准备，很自然的，像之前多次发生过的那样，去迎接蒙塔巴诺听到他的副手又一次慢悠悠的态度时会爆发的愤怒。但这次对方很平静，甚至是微笑着。

"昨天晚上，你回这儿后，帕维亚的那女人又打过电话吗？"

"怎么没有！在放弃希望之前又打了三次来。"

他们讲话时，法齐奥把身体的重心一会儿放在这只脚上，一会儿换到另一只脚上,就好像某个人要逃跑时被什么东西按住了一样。可是法齐奥却不是要逃跑,是好奇心在吞噬他。但他不敢开口问西纳戈拉跟他的头儿说了什么。

"你把门关上。"

法齐奥跳起来,用钥匙锁上门,回来坐到椅子边上。上半身向前倾,眼睛闪闪发光,好像一只饥饿的狗在等待主人向它扔块骨头。因此他对蒙塔巴诺问他的第一个问题有点儿失望。

"你认识一个叫沙维里奥·克鲁切拉的神父吗?"

"我听说过,但我不认识他本人。我知道他不是这儿的人,如果我没弄错的话他在蒙特雷阿莱。"

"你试着去了解有关他的一切事情,他家住在哪儿,他有什么习惯,他去教堂的时间,和谁交往,别人怎么说他。你打听清楚了。做完这些后,当天你就要……"

"……我回来向您汇报。"

"错。你不用向我汇报。你开始跟踪他,要谨慎点儿。"

"头儿,交给我吧。他不会看到我的,哪怕是后脑勺长眼睛也看不到我。"

"又错了。"

法齐奥晕了。

"头儿,跟踪一个人时,原则就是那人不能知道。否则还叫什么跟踪?"

"这次情况不同。神父得知道你在跟踪他。甚至,你要想办法让他知道你是我派的人。让他知道你是警察是很重要的。"

"这事我从没遇过。"

"然而，其他所有人都绝对不能发现你的跟踪。"

"头儿，我能开诚布公地说吗？我完全不理解。"

"没问题。你可以不理解，你就按我说的做就行了。"

法齐奥看上去有些不快。

"警长，我没弄明白就去做的事情总会做不好。之后您又要再去处理。"

"法齐奥，克鲁切拉神父期待着被人跟踪呢。"

"但是圣母啊，为什么？"

"因为他应该带我们到某个地方。然而他不得不表现得好像他是在不自觉的情况下做的这件事。这是表演，我解释清楚了吗？"

"我开始理解了。谁在神父想要带我们去的那个地方？"

"雅皮基努·西纳戈拉。"

"我的天呐！"

"你的这种委婉说法让我认为你终于明白了问题的重要性。"警长说道，很像是书本上的说话方式。法齐奥此时开始怀疑地看着他。

"您是怎么发现这个克鲁切拉神父知道雅皮基努的藏身之地的？全世界都在找雅皮基努，反黑手党委员会、行动队、特别行动大队①、特工处，没有任何人能找到他。"

"我什么都没发现。他告诉我的。实际上是他让我明白的。"

"克鲁切拉神父？"

"不。是巴尔杜乔·西纳戈拉。"

---

① 是意大利宪兵中的一支精锐部队，国家警察力量。

好像刚刚过去一场地震似的。法齐奥整个脸都火红了，他摇晃着，一步向前，两步向后。

"他的祖父？！"他喘着粗气问道。

"你冷静点儿，你就像在表演一出木偶剧。是的，是他祖父。他想要他的孙子进监狱。然而也许雅皮基努没有被完全说服。祖父和孙子之间的关系是由神父维系的。这就是巴尔杜乔想要在他家里向我介绍的人。如果他没有意让我认识他，他会在我到达之前就让他走的。"

"头儿，我不能相信。他在想什么？判雅皮基努终身监禁是上帝都无法挽回的事情！"

"上帝也许无法挽回，但其他人可以。"

"怎么可以？"

"杀了他，法齐奥。在监狱里他才可能保命。新黑手党的那些小家伙正要收拾他们，无论是西纳戈拉家族还是古法罗家族。因此最安全的监狱意味着不仅对外面的人来说安全，而且对里面的人也安全。"

法齐奥想了一会儿，但是他最终被说服了。

"我也要睡在蒙特雷阿莱？"

"我并不这么认为。我不认为晚上神父会出来。"

"克鲁切拉神父怎么能让我知道他正带我去雅皮基努藏身之地？"

"你别担心，他会找到方法的。当他向你指出那个地方的时候，我叮嘱你，不要自作主张，不要采取任何行动。你立刻跟我联系。"

"好的。"

法齐奥站起来,慢慢地向门口走去。走到一半他停下了,转身看蒙塔巴诺。

"怎么了?"

"头儿,我认识您这么久不会看不出来您只跟我讲了一半故事。"

"所以呢?"

"巴尔杜乔肯定还跟您讲了什么其他事。"

"你说对了。"

"我能知道吗?"

"当然了。他跟我说不是他们干的。他跟我保证也不是古法罗家族的人干的。因此罪犯是那些新人。"

"干什么的罪犯?"

"我不知道。目前,我不知道他到底指的是什么事。但是我开始有些想法。"

"您可以告诉我吗?"

"还太早。"

法齐奥刚刚转动锁眼里的钥匙,就被卡塔莱拉开门的动作猛地撞向了墙壁。

"你差点儿撞断了我的鼻子!"法齐奥说道,一只手盖在脸上。

"头儿!头儿!"卡塔莱拉气喘吁吁地说,"不好意思我这样冲撞,但是是局长亲自找您!"

"在哪儿?"

"电话,头儿。"

"给我接进来。"

卡塔莱拉像只野兔一样逃跑了,法齐奥等他出去后自己也出去了。

博奈蒂-阿尔德里奇的声音好像来自一个冰箱,非常冰冷。

"蒙塔巴诺?如果您不介意,我先问一个事儿。您的车牌号是 AG334JB 吗?"

"是的。"

博奈蒂-阿尔德里奇的声音此时直接来自极地的浮冰。作为背景音,似乎能听到北极熊在吼叫(但是熊在吼叫吗?)。

"您立刻到我这儿来。"

"我大约一个小时后到您那儿,到时间……"

"您懂意大利语吗?我说了立刻。"


"您进来,把门开着。"局长一见他出现就命令道。应该真的是一件严重的事情,因为刚才在走廊里拉戴斯都假装没看见他。当他走到写字台旁边时,博奈蒂-阿尔德里奇从椅子上站起来,去打开窗户。

"我应该是个病毒吧。"蒙塔巴诺想,"那家伙害怕我会传染到空气中。"

局长回来坐下,却没有示意他坐下。就像高中时,校长先生把他叫到办公室里一本正经地教训他一样。

"您真行。"博奈蒂-阿尔德里奇上下打量着他说道,"您真行。真行。"

蒙塔巴诺没吱声。在决定如何做之前,有必要了解下他的上司发怒的原因。

"今早,"局长继续说道,"我脚刚踏进办公室,就发现一条我可以毫不迟疑地称之为令人厌恶的消息。甚至可以说是厌恶之极。这份报告让我怒火中烧。而这个报告是关于您的。"

"装聋作哑!"警长严厉地命令自己。

"报告上写一辆牌号是……"

他稍作停顿,身体向前倾去看写字台上的那张纸。

"……AG334JB?"蒙塔巴诺胆怯地提示道。

"你闭嘴。我来说。一辆牌号为AG334JB的车昨天晚上通过我们的检查站,开往了著名的黑手党大佬巴尔杜乔·西纳戈拉的住处。在做过适当的调查之后,证实该车是属于您的,他们认为有必要通知我。现在您告诉我,您会蠢到不知道那栋别墅还在我们的持续监控之下吗?"

"不是这样的!您怎么能这么说呢?"蒙塔巴诺边表演惊讶状边说道。毫无疑问,此时在他的头上出现了圣人头顶通常有的光环。他让自己的脸呈现出一种担忧的表情,并在牙缝间嘟哝着:

"该死!这招真不好!"

"您真该为自己担忧了,蒙塔巴诺!我要求您给我个解释。一个满意的解释。否则您备受争议的职业生涯将就此结束了。很长时间以来我都在忍受着您经常游走在违法边缘的做事方式!"

警长低下头,做出一种痛悔的姿态。局长看见他这样,胆子更大了。

"您看,蒙塔巴诺,像您这样很难不让人猜测您和他们有勾结！可惜有太多有名的先例了，我不用提醒您，因为您是最熟悉不过的了！不管怎样我厌烦您和整个维加塔警局！不知道你们到底是警察还是黑手党！"

他喜欢这个他常和米密·阿乌杰罗说的话题。

"我要彻底清理这个地方！"

蒙塔巴诺好像按剧本表演一样，先搓了搓手，然后从兜里掏出一条手绢，擦了擦脸。犹豫地说道：

"我有一颗驴子的心和一颗狮子的心①，局长先生。"

"我不明白。"

"我觉得很尴尬。因为事实是巴尔杜乔·西纳戈拉跟我谈了之后，他让我以名誉担保……"

"什么？"

"对于我们的会面不能向任何人提及。"

局长猛的一掌拍到写字台上，力道之大肯定让他断了几根骨头。

"您知道您在跟我说什么吗？任何人都不能知道！在您看来，我，局长，您的直属上司，也算任何人吗？您有责任，我再说一遍，有责任……"

蒙塔巴诺举起双臂示意投降，而后迅速用手绢擦眼睛。

"我知道，我知道，局长先生。"他说道，"但如果您能理解我是如何在责任和许下的诺言之间被撕扯的话……"

他暗自庆贺。多美妙的意大利语啊！"撕扯"正是他想要的

---

① 这是一种西西里的表达方式，意思是"我有双重思想"。蒙塔巴诺在这里故意用西西里习语把局长搞糊涂，他知道局长不会明白这句话的意思。

动词。

"您在胡言乱语,蒙塔巴诺!您没意识到您在说什么!您把责任和对一个罪犯许下的诺言放在同一水准上了!"

警长反复地点着头。

"确实!您说得对!您的话是圣言!"

"所以,不要旁敲侧击,您就告诉我您为什么见了西纳戈拉!我想要一个完整的解释!"

现在到了他的即兴演出的高潮了。如果局长吞下诱饵,所有的事情就都解决了。

"我认为他后悔了。"他低声说道。

"嗯?"局长完全没听明白。

"我认为巴尔杜乔·西纳戈拉有些许悔过的意思。"

就好像在他坐着的那个位置上发生了爆炸,而在气流的冲击下博奈蒂-阿尔德里奇从椅子上弹了起来,气喘吁吁地跑去关窗户和门。关门的时候他还用钥匙把门锁上了。

"我们坐到这儿。"他边说边把警长推向一个小沙发,"这样就不需要抬高嗓门说话了。"

蒙塔巴诺坐下,点了根烟,尽管他知道局长只要看见一丝烟草就会歇斯底里发作。但这次博奈蒂-阿尔德里奇甚至都没注意到。带着朦胧的笑意、恍惚的目光,他正想象着自己被互相争吵的、迫不及待的记者环绕,在闪光灯之下,一簇话筒递到他的嘴边,而他则用精彩的言语解释着是如何说服一位最噬血的黑手党头头和司法部门合作的。

"把一切都告诉我,蒙塔巴诺。"他以一种很有阴谋感的声音恳求道。

"我应该跟您说什么呢，局长先生？昨天西纳戈拉亲自给我打电话告诉我他想立刻见我。"

"至少您可以通知我一下啊！"局长责备他道，在空中晃动着食指好像在说"不听话的家伙"。

"我没来得及，请您相信我。事实上，不是，等等……"

"怎么？"

"现在我记起来我给您打过电话，但他们说您有事，有个会吧，我不知道，类似的事情……"

"有可能，有可能。"局长承认道，"我们说重点吧，西纳戈拉跟您说什么了？"

"局长先生，从报告中您肯定知道了其实是很简短的对话。"

博奈蒂-阿尔德里奇站起来，看了一眼写字台上的纸，回来坐下。

"四十五分钟不算短。"

"我承认，但在这四十五分钟里您还要算上来回路上的时间。"

"对。"

"总之，西纳戈拉，与其说是开诚布公地告诉我，倒不如说是他让我明白的。甚至可以说，他是相信了我的直觉。"

"西西里方式，是吗？"

"是的。"

"您能试着说得更确切些吗？"

"他跟我说他开始感到累了。"

"我相信。他九十岁了！"

"正是。他跟我说他儿子的被捕和他孙子的逃亡是难以承受的沉重打击。"

好像是 B 级片里的台词,他把它发挥得很好。然而局长似乎有点儿失望。

"就这些了?"

"这已经很多了,局长先生!您推理一下,为什么他想要把他的情况讲给我听?他们,您也知道,通常行事缓慢。我们需要保持冷静、耐心和顽强。"

"当然,当然。"

"他跟我说他很快会再打电话给我。"

博奈蒂-阿尔德里奇从暂时的泄气中又重新恢复了兴奋。

"他确实这么说吗?"

"是的。但需要很谨慎,走错一步就会断送一切,风险是很高的。"

他为从自己嘴里说出来的话感到厌恶。一堆陈词滥调,但这是在这个时候有用的话。他自问自己还能装多久。

"当然,我理解。"

"您想想,局长先生,我都不想要告诉任何我的人。总是有出内奸的风险的。"

"我也会这么做的!"局长发誓道,向前伸出一只手。

好像他们在蓬蒂达一样①。警长站了起来。

"如果您没有其他的命令……"

"您走吧,走吧,蒙塔巴诺。谢谢。"

他们互相注视着,有力地握了握手。

"然而……"局长松懈下来说道。

"请说。"

"那该死的报告。我不能不重视,您明白吗?我得给出个回复。"

"局长先生,如果有人猜疑我们和西纳戈拉之间哪怕有一点点的接触,并且扩散出去的话,一切就完了。对此我很确定。"

"是啊,是啊。"

"因此,刚才,当您告诉我我的车被认出来的时候,我感到一阵失望。"

但是他怎么能讲得这么好呢!他找到了他真正的表达方式了?

"他们拍下汽车的照片了吗?"一个恰当的停顿之后他问道。

"没有。他们只记下了车牌号。"

"那么可以有一个解决办法。但是我不敢向您提出来,因为可能会冒犯您作为人和国家公仆的不可动摇的诚实之心。"

就像面临生死关头一样,博奈蒂-阿尔德里奇长叹了一声。

---

① 1167年4月7日,伦巴第同盟,即意大利北部大区伦巴第的一些城市(布雷西亚、贝加莫、克雷莫纳、曼托瓦和米兰)组成的联盟在蓬蒂达修道院成立,以反抗神圣罗马帝国皇帝腓特烈·巴巴罗萨在意大利扩张势力的企图。蓬蒂达庄严的宣誓仪式在二十世纪九十年代被翁贝托·博西领导的右翼分裂势力,反移民政党伦巴第同盟(现改名为北方联盟)效仿,每年都会进行。

"不管怎样,您告诉我吧。"

"只要跟他们说他们抄错了车牌号就行了。"

"但我怎么能知道他们抄错了呢?"

"因为您,就在他们坚称我去西纳戈拉那儿的半小时中,跟我打了一通很长的电话。没有人会反驳您的。您觉得怎样?"

"说不上来!"局长没太被说动,"我再看看吧。"

蒙塔巴诺离开了,他确信博奈蒂-阿尔德里奇尽管顾虑重重,但还是会像他建议的那样做的。

从蒙特路撒出发之前,他给警局打了个电话。

"喂?喂?谁呀?"

"卡塔莱,我是蒙塔巴诺。给我接阿乌杰罗警官。"

"我不能给您接他,因为他不在。但他之前在。他等您来着,看您一直没出现他就走了。"

"你知道他为什么走了吗?"

"知道。因为发生了火灾。"

"火灾?"

"是的。就像消防员说的,一场令人悲痛的火灾。阿乌杰罗警官见法齐奥不在,就带着警员加洛和卡鲁佐去了。"

"消防员要我们干什么?"

"他们说他们正在扑灭大火。之后阿乌杰罗警官就抓起电话自己跟他们讲了。"

"你知道哪里发生的火灾吗?"

"发生在皮塞罗街区。"

这个街区他从来没听说过。因为消防队就在附近,他急忙赶了过去,做了自我介绍。他们告诉他,火灾肯定是蓄意的,发生在法瓦街区。

"为什么你们要给我们打电话?"

"因为在一个倒塌的农舍里我们的人发现了两具尸体。好像是两个老人,一男一女。"

"他们在火灾中死的?"

"不是,警长。大火虽已环绕了毁坏的房子,但我们的人及时赶到了。"

"那么他们是怎么死的?"

"警长,他们好像是被杀死的。"

## 九　悔恨

下了国道，蒙塔巴诺不得不开上一条满是石头和坑洼的狭窄的上坡路，就连汽车也像一个活物一样抱怨着辛苦。到某一刻他不能再往前开了，因为前路已经被消防车和其他停在周围的车辆堵住了。

"您是谁？您要去哪儿？"一个消防员一看见他从车里出来要徒步向前就粗鲁地问道。

"我是蒙塔巴诺警长。他们告诉我……"

"好，好，"消防员立刻说道，"您去吧，您的人已经在现场了。"

天很热。警长摘掉领带，脱掉上衣，他穿着它们去见的局长。然而，尽管轻装上阵了，可是没走几步他还是像头猪一样直冒汗。但哪里发生了火灾？

他一转过弯儿就有答案了。景象一下子就变了。看不见一棵树、一根草、一丛灌木一类的任何植物，只有不成形的一片广阔土地，一成不变的深棕色，全被烧毁了。空气很闷，就像某些刮着猛烈的西洛可风①的日子，然而却有烧焦的气味，这儿、那

---

① 从撒哈拉吹向地中海的焚风。

儿还时不时地冒出一缕烟来。农舍还有百米远,被大火熏黑了。它建在一座小山的半山腰上,还可以看见山顶上的火苗和奔跑的人影。

一个从小路上下来的人拦住了他,伸出手来。

"你好,蒙塔巴诺。"

是他的同事,科米西尼警局的警长。

"你好,米其盖。你在这儿干什么?"

"这个问题应该我问你吧。"

"为什么?"

"这是我的地盘。消防员们不知道法瓦街区是属于维加塔还是科米西尼管辖,为了不弄错他们两个警局都通知了。死者应该是由我负责的。"

"你应该?"

"嗯,是的。阿乌杰罗和我给局长打过电话了。我向他建议一边分一个死者。"

他大笑起来。他期待着蒙塔巴诺也会轻声笑起来,但是蒙塔巴诺好像都没听到。

"但是局长命令把两个死者都留给你,因为你们正在处理这个案子。再见了,工作顺利。"

他吹着口哨走远了,显然他很高兴避开了麻烦事。蒙塔巴诺继续走着,似乎每走一步天空都变得愈加黑了。他开始喘气,有些呼吸困难。他也解释不出原因来,但他开始感到不安、紧张。一丝微风吹来,灰烬飞到了半空中,之后又轻飘飘地落下。相比于紧张,他更明白他在没有道理地害怕。他加快了脚步,然而急促的呼吸把浓重的、好像污染了的空气带到了他的肺里。他无法再独自向前走，他停下来叫道：

"阿乌杰罗！米密！"

阿乌杰罗从熏黑的、破败不堪的农舍走出来，向他跑过来，手里摇晃着一块白色的破布。当他跑到警长面前时，他递过来那块布：是个防烟尘的口罩。

"消防员给我们的，有比没有强。"

米密的头发都变成灰色了。还有眉毛，好像老了二十岁。这都是灰烬带来的效果。

当蒙塔巴诺倚着他副手的胳膊正要进入农舍的时候，尽管戴了口罩，他还是闻到了一股强烈的骨头被烧焦的气味。他向后退了一下，米密疑问地看了他一眼。

"是他们？"他问道。

"不是，"阿乌杰罗使他放下心来，"有一只狗被拴在房子后面。不知道它是谁家的。它被活活烧死了。死得很恐怖。"

"怎么，戈利弗夫妇死得没那么恐怖？"蒙塔巴诺一看见那两具尸体就自问道。

原本是夯土的地面，现在因为消防员泼的水已经变成了泥塘，而两具尸体就漂在上面。

他们脸朝下俯卧着，都是后颈上一枪毙命，在死之前他们应该是被命令跪在这间没有窗户的小屋里。也许这间屋子曾经是食物贮藏室，后来随着房子的毁坏变成了屎坑，发出无法忍受的恶臭。在偶然间经过这儿的人看来，这个曾经是一整幢房子，现在只剩下一间屋子的地方相当之隐蔽。

"到这儿为止都可以开车进来吗?"

"不行。只能开到某处,然后需要再步行三十来米。"

警长想象着两个老人在深夜里走路,在黑暗中,走在某个用枪指着他们的人前面。他们一定会被石头绊跌,摔倒了,受了伤,但是却总是被迫重新站起来,继续走路,也许是在对他们行刑的人的踢踹的帮助下。当然了,他们没有反抗,没有叫喊,没有乞求,他们默不作声,他们因意识到死亡将至而冻结了。一种漫长的极度痛苦,一条真正的克鲁契斯之路,就是那最后的三十来米。

巴尔杜乔·西纳戈拉说的一定不能越过的底线就是这种残酷的死刑吗?残忍、冷血地杀害两个颤抖的、毫无防备的老人吗?不是,算了吧,这样并不能算是极限,巴尔杜乔不会拿这两项谋杀来撇清自己的。他们做过比这更甚的事情,他们把老人和小孩像捆山羊一样捆起来折磨,他们甚至勒死了一个十岁的孩子,然后用酸溶解他,就因为他生错了人家。因此他所看到的一切仍然是在他们底线之内的。在别的地方应该还有少许现在还看不到的恐怖。他感到轻微的眩晕,便倚靠住米密的胳膊。

"你还好吗。萨尔沃?"

"是这个口罩让我有点儿难以忍受。"

不,是胸口的重负,呼吸的短促,无尽忧郁的滋味,烦闷感,总之,并不是口罩的原因。他俯身向前打算更清楚地看看两具尸体。这时他才注意到一件使他大吃一惊的事情。

在泥土下面可以看到女人的右胳膊和男人的左胳膊。两只胳膊伸直了,能相互碰到。警长拽紧米密的胳膊进一步俯下身去看清楚。他看到两个死者的手：女人右手的手指和男人左手的手指十指相扣。他们是手拉着手死的。在深夜，在恐怖中，在他们面前是比黑夜还要黑暗的死亡，他们互相寻觅着对方，找到了对方，他们互相慰藉，就像在他们的人生过程中很多次做过的那样。悲痛、怜悯向警长袭来，仿如突然两拳打在胸口上。他摇晃了一下，米密立刻撑住他。

"你从这儿出去吧，你没跟我说实话。"

蒙塔巴诺转身出去了。他看了看周围。他不记得是谁了，但是教会的某个人曾经断言过地狱肯定是存在的，只是他不知道它在哪儿。为什么他不试着来看看这些地方？也许他可能会想出地狱在哪儿。

米密走到他身边，仔细地看着他。

"萨尔沃，你怎么样？"

"还好，还好。加洛和卡鲁佐在哪儿？"

"我派他们去帮消防员了。他们在这儿又能干什么呢？你也是，你为什么不走啊？我留下就行了。"

"你通知公诉人了吗？法医呢？"

"都通知了。他们早晚会来的。你走吧。"

蒙塔巴诺没动。他只是站在那儿看着地面。

"我犯了错。"他说。

"哎？"阿乌杰罗困惑地说道，"犯了错？"

"是的。我从一开始就太轻视这两个老人的事情了。"

"萨尔沃，"阿乌杰罗反驳道，"你刚才没看到吗？那两个可怜的人是在星期日当晚，在从郊游回来的路上就被杀害了。我们能做什么？我们甚至都不知道他们的存在！"

"我是说后来，在他们儿子来跟我们说他们失踪之后。"

"但我们做了一切应该做的事情！"

"是。但我，从我这方面，没有很深信不疑地去做。米密，我在这儿站不住了。我要回家去了。我们大约五点钟在办公室见吧。"

"好的。"米密说道。

他一直很担忧地看着警长，直到拐了弯再看不到他。

回到马里内拉的家，他甚至都不想打开冰箱看看里面有什么，他不想吃东西，他感到胃在紧缩。他去浴室照着镜子看自己。那些灰烬，不仅让他的头发和胡子变成了灰色，而且使他的皱纹更加明显了，变成了生病一样的苍白色。他只洗了脸，脱光了衣服，让外套和内衣都掉在了地上，然后穿上泳装，跑向海滩。

跪在沙滩上，他用手挖了一个很宽的洞，直到看到从底部迅速地冒出水来才停下。他抓了一把还是绿色的海藻，把它们扔到洞里。之后他脸朝下趴着，将脑袋伸到洞里面。他深吸着气，一次、两次、三次，每一次吸气时咸水和海藻的气味都能清理进入肺中的烟灰。之后他站起来进到海里。有力地挥动了几下臂膀，他就游到深海里去了。嘴里都是海水，他漱了很长时间的口。因此在半小时中，他就像死人一样，什么都没想。

他漂在海面上，像一根树枝、一片叶子。

回到办公室,他给法医帕斯奎诺打了电话,那人以其惯有的方式回答他:

"我正期盼着您打来会使人发怒的电话呢。甚至我还在问您是不是发生了什么事情,因为您一直没有消息!我很担心!您想知道什么?对这两个死者我明天才会研究。"

"医生,您用是或不是回答我就行了。据您目前所知,他们是在星期日到星期一之间的夜里被害的吗?"

"是。"

"只有后颈一枪,像死刑那样?"

"是。"

"在被打死之前他们受折磨了吗?"

"没有。"

"谢谢,医生。您看见我让您多么省劲儿了吧?这样到您要死之时还会留有很多气力呢。"

"我会多么喜欢给您做尸检啊!"帕斯奎诺说道。

米密·阿乌杰罗这次非常准时,五点刚到就出现了。但他拉长了脸,显然他正在为某些事烦恼。

"你有时间休息了一会儿吗,米密?"

"怎么可能有!我们要等托马赛,他又把车开进排水沟里了。"

"你吃过东西了吗?"

"贝巴给我准备了一个三明治。"

"谁是贝巴?"

"是你给我介绍的。贝阿特里切。"

他已经叫她贝巴了！因此事情进展得不错啊。但为什么米密的脸像是送葬的脸呢？他没来得及继续这一话题，因为阿乌杰罗问了他一个完全始料未及的问题。

"你一直和那个瑞典女人有联系吗，她叫什么名字，因格力特吗？"

"我有一段时间没见着她了。但她一个星期前给我打过电话。怎么了？"

"我们可以信任她吗？"

蒙塔巴诺很受不了有人用另一个问题去回答一个问题。他自己有时也这么做，但他都有明确的目的。他想把这游戏继续玩下去。

"你觉得呢？"

"你不是比我更了解她吗？"

"你为什么需要她？"

"如果我告诉你，你能不把我当疯子看吗？"

"你觉得我会把你看成疯子？"

"即使这真的是件大事也不会吗？"

警长厌倦了这个游戏。米密甚至都没意识到他们的对话多么的荒唐。

"听着，米密，对于因格力特我可以担保。至于我把你看成疯子的事，我已经做过很多次了，多一次少一次都不会有什么差别。"

"昨晚它让我无法合眼。"

贝巴来势凶猛啊！

"谁？"

"一封信，乃奈·桑菲利普写给他情人的信中的一封。你不知道，萨尔沃，我有多么仔细地研究它们！我都能记住它们的内容了。"

"你真他妈的是个混蛋，萨尔沃！"蒙塔巴诺自责道，"你只想到米密的不好，但那可怜的家伙夜里还在工作！"

在适当的自责之后，警长便轻巧地越过了这短暂的自我批评时间。

"好吧，好吧。但那信里写了什么？"

米密等了一会儿才下定决心回答。

"嗯，他很生气，一开始，因为她刮掉了体毛。"

"这有什么好生气的？所有的女人都刮腋下！"

"他不是说腋下。"

"啊！"蒙塔巴诺说道。

"全刮，你懂吗？"

"懂了。"

"之后，在接下来的信中，他开始对这新鲜感产生兴趣。"

"好吧，但这一切有什么重要的？"

"很重要！因为在失眠和耗损了视力之后，我认为我已经知道谁是乃奈·桑菲利普的情人了。他对她身体做的一些描述，小细节胜过照片。你知道的，我喜欢看女人。"

"不只喜欢看。"

"我承认。我已经确信能认出这位女士来。因为我能肯定遇见过她。只需要再花点儿功夫做一个确定的识别就行了。"

"花点儿功夫！米密，你想什么呢？你想要我到这位女士那里跟她说：'我是蒙塔巴诺警长。女士，请您脱掉一下内裤。'她最起码会把我关进精神病院！"

"正因此我才想到因格力特。如果那女人是我所认为的那人的话，我曾在蒙特路撒几次看见她和因格力特在一起。她们应该是朋友。"

蒙塔巴诺扭动着嘴。

"你不相信？"米密问道。

"我相信。但整个想法却是一个大问题。"

"为什么？"

"我不认为因格力特会背叛朋友。"

"背叛？谁说背叛了？可以找到任何一种办法，只要让她泄露出一些……"

"比方说？"

"嗯，我不知道，你可以邀请因格力特出来吃饭，然后带她去你家，你给她喝点儿女人为之疯狂的红酒……"

"……然后我开始讲体毛？如果我跟她提到这类事情，她可能会昏厥的！她不会期望听我说这些的！"

米密惊讶得下巴都要掉了。

"不期望？！可是你告诉我一件事，你和因格力特……从没有过吗？"

"你想什么呢？"蒙塔巴诺生气地说道，"我不像你一样，米密！"

阿乌杰罗看了他一会儿，然后合掌做祷告，抬眼望天。

"你干什么呢？"

"明天我得给教皇寄封信。"米密很懊悔地回答道。

"你想跟他说什么？"

"在你有生之年让你成为圣徒。"

"我不喜欢你的这种愚蠢的幽默。"警长粗暴地说道。

米密突然恢复了严肃。和他的头儿谈论某些话题，有时需要放轻脚步。

"无论如何，关于因格力特，你给我点儿时间考虑一下。"

"同意，但不要拖太长时间，萨尔沃。你知道一件事，是因不忠导致的谋杀，和其他的事……"

"我很清楚差别，米密。不应该是你来教我这些。在我面前，你还裹着尿布呢。"

阿乌杰罗没有反抗地接受了。是他先按错了键，谈起了因格力特。因此需要化解掉警长的坏情绪。

"有另一件事我想跟你谈，萨尔沃。昨天，在我们吃完饭后，贝巴邀请我去她家了。"

蒙塔巴诺的坏情绪一扫而光。他屏住呼吸。在米密和贝阿特里切之间已经发生了可能会发生的事了吗？如果贝阿特里切这么快就和米密上床了的话，可能事情很快就会玩完。米密不可避免地会回到他的莱贝卡身边。

"不，萨尔沃，我们没做你想的那件事。"阿乌杰罗说道，好像有能力读进了他的脑子里似的，"贝巴是个好女孩。她很认真的。"

莎士比亚是怎么说的来着？啊，对，"你的话是我的食粮"。① 因此，如果米密这样说，就有可期待的了。

"有一次她去换衣服了。我独自一人，抓起了小桌上的一本杂志。我打开它，夹在页中的一张照片掉了出来。照的是大巴里面，乘客都坐在位置上。背景中贝巴手里拿着煎锅。"

"她回来时，你问她是在什么时候……"

"没有。我觉得，怎么说，有些轻率。我把照片留在那儿了，就这样。"

"为什么你要跟我讲？"

"我有一个想法。如果在这些旅行中有拍纪念照的话，那么可能也能找到一些戈利弗夫妇参加的廷达里郊游的照片。如果找到这些照片，也许可以挖出点儿什么来，甚至我也不知道会是什么。"

嗯，不能否认阿乌杰罗有了一个好主意。他也一定期待着得到称赞。因为从未有过。可警长冷淡地、背信弃义地不想要满足他。甚至。

"米密，小说你读过了吗？"

"什么小说？"

"如果我没弄错的话，和信一起，我给了你一个桑菲利普的小说……"

"没，我还没读呢。"

"为什么？"

---

① 出自《亨利六世》第二部分，第三幕，第二场。

"什么为什么?我正绞尽脑汁在这些信上!在看小说之前,我想知道我是否直觉出了谁是桑菲利普的情人。"

他站了起来。

"你去哪儿?"

"我有个约会。"

"你看,米密,这里不是宾馆……"

"我已经答应贝巴我会接她去……"

"好吧,好吧。这次你去吧。"蒙塔巴诺宽宏大量地让步了。

"喂,马拉斯皮纳公司?我是蒙塔巴诺警长。托尔托里奇司机在吗?"

"正进来了。就在我旁边。我让他接。"

"晚上好,警长。"托尔托里奇说道。

"对不起打扰您,但我需要一个信息。"

"愿意为您效劳。"

"您能告诉我在郊游过程中会照照片吗?"

"嗯,会的……但是……"

他似乎有些张口结舌,他的声音变得犹豫起来。

"照了还是没照?"

"对……对不起,警长。我能最多过五分钟再给您打过去吗?"

五分钟没过他就打了过来。

"警长,再次请您原谅,但我不能在会计面前讲这件事。"

"为什么?"

"您看，警长，这儿的报酬很低。"

"这有什么关系？"

"有关系……我是在添补工资，警长。"

"请您说明白点儿，托尔托里奇。"

"乘客们几乎所有人都自带了相机。当我们出发的时候，我告诉他们在大巴上禁止拍照。当他们到目的地的时候他们想拍多少拍多少。在旅途中只有我可以拍照。所有人都被骗了，没有人抱怨。"

"对不起，但如果您忙着开车，谁来照这些照片？"

"我要求售票员或乘客中的某个人帮我照。然后我把照片显影，把它们卖给想要纪念照的人。"

"为什么您不想让会计听到？"

"因为我没有向他征得拍照的许可。"

"只要向他征得同意一切不就解决了嘛。"

"倒是，可这样一来他一手给了我许可，一手就会向我要个份额。我挣的就少得可怜，警长。"

"您留着底片了吗？"

"当然留了。"

"您能给我最后一次去廷达里郊游的底片吗？"

"但我已经把它们全部洗出来了！在戈利弗夫妇失踪之后，我没心思再去卖它们了。但现在知道他们被杀了，我确定我能把它们都卖掉，甚至是以双倍的价钱！"

"您看，我们这么办吧。我买洗出来的照片，把底片给您留下。您还可以按您想要的卖掉它们。"

"您想什么时候要?"

"越快越好。"

"现在我不得不去蒙特路撒出趟差。如果我今晚大概九点钟给您送到警局,您看行吗?"

既然尝试了一个,就不在乎再多试一个。在公公死后,因格力特和她丈夫就搬了家。他找了电话号码,打了过去。正是晚饭时间,这个瑞典女人如果可能,都会尽量在家吃饭。

"你请说。"电话中是一个女人的声音。

因格力特是搬了家,但她改不了聘请管家的习惯。她总是去火地岛、乞力马扎罗山或是北极圈附近找管家。

"我是蒙塔巴诺。"

"你说什么?"

她一定是一个澳大利亚土著人。要是让她跟卡塔莱拉交谈一次的话可能会很值得纪念。

"蒙塔巴诺。因格力特太太在吗?"

"她在吃饭,吃饭。"

"你可以叫她吗?"

数分钟过去了。如果不是远远地传来一些声音,警长可能都以为已经掉线了。

"是谁呀?"终于,因格力特疑心地问道。

"我是蒙塔巴诺。"

"是你,萨尔沃!管家跟我说有一个蔬菜种植者打来电话。真高兴听到你的声音!"

"因格力特,我很抱歉,但是我需要你的帮助。"

"你只有在用得着我的时候才会记得我?"

"别这样,因格力特!是一件严肃的事情。"

"好吧,你需要什么?"

"明天晚上我们能一起吃晚饭吗?"

"当然了。我会放下一切的。我们在哪儿见?"

"在常去的那个马里内拉酒吧。八点,要是对你来说不算太早的话。"

他挂上电话,觉得不高兴和尴尬。米密把他置于了一个难堪的境地:以什么表情,什么言语来问因格力特关于她一个刮了体毛的女性朋友的事呢?他都能想象得到他自己羞红了脸、直冒汗、支支吾吾地向逐渐被逗笑了的瑞典女人问一些难以理解的问题……他突然僵住了。也许有一条出路。如果说乃奈·桑菲利普把性爱书信都记录在了电脑里,那有没有可能……?

他抓起加富尔大街公寓的钥匙,跑了出去。

## 十　录像带

和警长冲出办公室同样快速的是法齐奥跑了进来。就像最佳的喜剧电影那样发生了不可避免的正面冲撞：他们俩一般高，又都低着头，差点儿没像发情的鹿一样顶上犄角。

"您去哪儿？我有话要跟您说。"法齐奥说道。

"说吧。"蒙塔巴诺说道。

法齐奥用钥匙锁上办公室的门，带着满足的微笑坐下了。

"成了，头儿。"

"怎么成了？"蒙塔巴诺感到惊讶。"一击即中？"

"是的，一击即中。克鲁切拉神父是个狡猾的人，他是那种能一边念着圣弥撒，一边用反光镜看教堂里面的教民都在做什么的人。长话短说，一到蒙特雷阿莱，我就去了教堂，坐在最后一排的一张长椅上。周围没有一个人。过了一小会儿，克鲁切拉神父穿着他的祭服从圣器收藏室出来了，后面跟着一个祭童。我想他应该拿着圣油要去某个垂死的人身旁。从我身边过的时候，他看了我，对他来说是个新面孔，我也看了他。我一直在长椅上坐了两个小时，之后他回来了。我们再一次互看了一眼。他进到圣器收藏室十来分钟，再次出来时那个祭童还是跟在他身后。当他走到我面前时，他对我挥了挥手，五根手指都张开了。在您看来这是什么意思?"

"他想让你五点钟再回教堂。"

"我也是这么想的。但您看到他有多狡猾了吧?如果我是某个老教民的话,那个招呼就只是一个招呼,然而如果我是您派的人的话,那就不再是一个招呼,而是一个五点钟的约会。"

"你都做什么了?"

"我离开去吃饭了。"

"在蒙特雷阿莱?"

"没有,头儿,我还不像您想的那么笨。在蒙特雷阿莱只有两个小饭馆,还有很多人。我不想让人看见我在那里。既然有时间,我就去了比拜拉附近。"

"那么远?"

"是啊,但是值得。他们告诉我说那儿有个地方吃得像上帝一般。"

"叫什么名字?"蒙塔巴诺立刻饶有兴致地问道。

"它叫白布乔家。但做得真烂。也许今天不是好日子,可能老板兼主厨心情不好吧。如果您碰巧到那边去,记得别去这个白布乔家。总之,简言之,五点差十分的时候我再次进到教堂里面。这次有几个人在,两个男的,七八个女的,都是老年人。五点整克鲁切拉神父从圣器收藏室出来了,看了一眼他的教民们。我感觉他在找我。之后他进到忏悔室,拉了帘子。立刻就有一个女人走了过去,待了至少一刻钟。但她有什么要忏悔的呢?"

"肯定什么都没有,"蒙塔巴诺说道,"他们去忏悔是为了跟人说话。你知道老年人是什么样的,不是吗?"

"于是我站起来,到忏悔室旁边的一个长椅重新坐下。那个老妇人之后,另一个老妇人又去了。这位花了二十分钟。当她结束后,就轮到我了。我跪下,画了十字,我说:'克鲁切拉神父,我是蒙塔巴诺警长派来的人。'他没马上回答,之后他问我叫什么名字。我告诉他了,他对我说:'今天那件事做不了。明天早晨,在早弥撒之前,你回来忏悔。''对不起,但早弥撒是几点钟?'我问道。他说:'六点,你应该六点差一刻到。你要跟警长说做好准备,因为那件事我们明天傍晚肯定做。'之后他还对我说:'现在你起来,你画十字,回去坐到原来的位子上,说五遍万福玛利亚,三遍我们的圣父,再画遍十字,然后离开。'"

"你怎么做的?"

"我能怎么做?我就默念了五遍万福玛利亚和三遍我们的圣父呗。"

"既然你这么快就脱身了,你怎么没早点儿回来啊?"

"我的车抛锚了,浪费了点儿时间。所以我们该怎么做呢?"

"我们就按神父希望的那样去做。你明早六点差一刻就去听听他跟你说什么,然后回来向我汇报。如果他说了事情也许可以在傍晚进行,就意味着可能是在六点半到七点间进行。我们就根据他跟你说的行动。我们四个人过去,只开一辆车,这样不引人注目。我、米密、你和加洛。我们明天再联络,我还有事要做。"

法齐奥出去了,蒙塔巴诺拨通了因格力特家的号码。

"你请说。"还是之前的那个声音说道。

"是之前打过电话的那位。我是那个蔬菜种植者。"

居然神奇地奏效了。因格力特半分钟后过来接电话。

"萨尔沃,什么事?"

"计划有变,对不起。明天晚上我们不能见了。"

"那什么时候见?"

"后天吧。"

"亲亲你。"

这就是因格力特,正因此蒙塔巴诺欣赏并且爱她,她不要求解释,她自己也不会做任何解释。她只是审时度势。他从没见过一个像因格力特这样女人的人,但她做事却一点儿也不女人。

"至少是根据我们男人对女人形成的已有观念来看。"蒙塔巴诺总结了他的思绪。

在圣卡洛杰罗小吃部的前面,他轻快地走着,突然间他停住了,就好像驴子一旦出于某种神秘的原因决定停下来,不管腹部的鞭打和脚踢也不会再挪动一步似的。他看了一眼表,正好八点,去吃饭还太早。然而在加富尔大街等着他的工作又会很漫长,他肯定会花上一整夜。也许他可以先开始,然后在十点左右中断……但如果在那之前他就开始感到饿怎么办呢?

"您干什么呢,警长,您拿定主意了还是没有?"

是卡洛杰罗,小吃部的店主在门口看着他。他等的就是这个。

饭馆里完全没人,晚上八点就吃饭是米兰人的事情,西西里人要过了九点才会考虑吃饭的事。

"有什么好的?"

"您看看这儿吧。"卡洛杰罗指着冷柜骄傲地回答道。

死亡往往会先反映在鱼的眼睛中,使它们失去光泽,可这些鱼的眼睛仍然明亮、闪着光,好像它们还在游泳一样。

"给我烤四条狼鲈。"

"不要头道菜吗?"

"不要。你有什么做前餐的吗?"

"有会融在你嘴里的小章鱼。你都不需要用到你的牙。"

确实。小章鱼融化在他的嘴里,软嫩至极。吃狼鲈时,他放了几滴"车夫的调味料",也就是用大蒜和小辣椒调味的橄榄油,他吃得很惬意。

警长有两种吃鱼的方式。第一种是不得已的吃法,当他没有多少时间时,他就用剔骨法,只在盘子里择出能吃的部分,然后开始吃。第二种是能让他更加满足的吃法,也就是细细品味每一口,边吃边剔除鱼刺。这需要花费更多时间倒是真的,但正是多出的这点儿时间在某种程度上做了开路先驱:在品尝每一口味道前,大脑会预先启动味觉和嗅觉,这样一来就好像鱼被吃了两遍一样。

当他从桌旁起身时已经是九点半了。他决定去港口散散步。事实是他不太想去看他期待能在加富尔大街看到的东西。几辆大卡车正被装载到开往桑佩杜萨的邮船上。乘客很少,游客就更没有了,还不到季节。他游荡了差不多一个小时,之后拿定了主意。

一进到乃奈·桑菲利普的公寓，他就确认关好了窗户，没有一丝光会透出去，于是去了厨房。桑菲利普的东西当中有冲咖啡的必需品，蒙塔巴诺用了他能找到的最大的，能冲四杯量的咖啡壶。煮咖啡的时候，他瞅了一眼公寓。那台卡塔莱拉在上面工作过的电脑旁边是一个装满了磁盘、光盘、激光唱片、录像带的书架。卡塔莱拉把电脑的磁盘按顺序排好了，并且在中间插了一张纸条，上面用印刷体写着：色情资料。录像带他数了一下，一共三十个。有十五个是在情趣商店买的，它们有鲜艳的标签和直白的片名。有五个则是由乃奈本人录制的，而且每一个的标题都是不同的女性名字，劳拉、莱奈埃、宝拉、茱莉亚、萨曼达。另外十个则是电影录像带，全部都是美国片，片名就暗示了色情和暴力。他拿出有女性名字的录像带，带到卧室里，这里有乃奈·桑菲利普的大电视。咖啡不新鲜了，他喝了一杯，回到卧室，脱了上衣和鞋子，把手头的第一个带子，萨曼达，塞到录像机里，他舒展身体躺在床上，把两个枕头放在脑后，一边播放带子一边点了一根烟。

带子里的场景是一张双人床，也就是蒙塔巴诺躺着的这张床。拍摄采用的是固定画面：摄像机现在仍然放在他面前的一个抽屉柜上，好像准备好了再一次进行已经不可能再有的性爱拍摄。在高处，就在抽屉柜的正上方，有两个恰当地对准了角度的泛光灯，它们在合适的时候会被打开。这个红头发、差不多一米五五高的萨曼达的特别之处在于她那倾向于杂技演员的动作，她动得很大，呈现的姿势如此复杂，以至于经常会出到画面之外。

乃奈·桑菲利普在这种对《爱经》①的整体模仿中，显得特别的得心应手。音效很差，勉强能听到几句词，反之呻吟声、哼哼声、叹息声、呜咽声却放到最大音量，就像电视上插播广告时一样。全部取景时长四十五分钟。被极大的烦闷感所折磨，警长放入了第二个带子，莱奈埃。一注意到场景还是同样的——莱奈埃是一个二十岁的女孩，很高很瘦但乳房巨大，体毛茂密——他就不想看完整个带子了，因此他想起可以按遥控器上的快进键，让它时不时地暂停。可这只是短暂的想法，因为一看到以狗交式姿势进入莱奈埃身体的乃奈，一阵难以抗御的困意就像撬棍一样冲击了他的后脑，让他闭上了眼睛，迫使他无法挽回地陷入昏睡当中。他的最后一个思绪就是没有比色情片更好的安眠药了。

他突然醒过来，不知道是被莱奈埃在经历地震般的性高潮时发出的叫喊声吵醒的，还是被猛烈的踹门声再加上不断的门铃声吵醒的。出什么事了？他困得没有力气，可还是起了床，关了带子，他朝门口走去，就以这副模样去开门，头发纷乱、没穿上衣、裤子往下掉（但他是什么时候为了舒服解开裤子的？）、光着脚，他听到一个当下他无法辨认的声音喊道：

"快开门！警察！"

这更加剧了他的困惑。他不就是警察吗？

他开了门，感到毛骨悚然。他看到的第一个人是摆出正确射击姿势的米密·阿乌杰罗（两腿弯曲，屁股微微向后，双臂伸

---

① 《爱经》是古印度一本关于性爱的经典书籍，相传为一位独身学者所作，大约作于公元1世纪至6世纪之间。

直，两手握在手枪的枪托上），在米密身后是布尔乔·贡切达夫人，马斯戈洛家的寡妇，而在她的身后是塞满了通往楼上楼下的楼梯和楼梯平台的人群。只瞅了一眼，他就认出了克鲁奇拉一家人（父亲斯戴法诺，退休了，他穿着衬衫式长睡衣，他的妻子穿着毛巾布的浴衣，女儿萨曼塔，名字中不带字母 h，穿着一件挑逗的长毛线衫）；穿着衬裤和 T 恤的米斯特莱达先生，无法解释的是他手里还拿了那个黑色的变了形的大手提袋；帕斯奎里诺·德·多米尼契斯，那个纵火的小孩，站在他穿着睡衣裤的爸爸古一多和穿着薄纱睡袍、像旧式的洋娃娃的妈妈吉娜中间。

一看见是警长，立刻出现了两种现象：时间静止了，所有人都呆了。布尔乔·贡切达，马斯戈洛家的寡妇利用这一机会以戏剧的口吻即兴演出了一段带有教育性阐释意义的独白。

"玛利亚，多么可怕的惊吓啊！我正要去睡觉，一切却在突然间发生，我仿佛又听到了那位亲爱的逝者在世时的那般交响乐！荡妇发出啊啊啊啊的声音，和他一起像猪一样！就和之前的数次一模一样！什么！鬼魂回了他的家，还把他的荡妇也一起带回来了？他开始，请原谅我的用语，像他还活着时一样性交？我不寒而栗！我吓死了！于是我打电话报警。我最没想到的是警长先生恰恰来这里做这样的事！真没想到！"

由布尔乔·贡切达，马斯戈洛家的寡妇所得出的结论，也正是在场所有人的结论，而且是建立在牢固的逻辑推理基础上的。蒙塔巴诺已经完全身陷泥潭，无力反抗。他站在门口，惊愕不已。做出反应的是米密·阿乌杰罗，他把手枪放进皮套里，用一只手猛地将警长向后推进屋里，同时开始大喊以便让住户迅速离开。

"够了！都去睡觉吧！散开了！没有什么好看的了！"

随后，他关上身后的门，黑着脸，向警长走过来。

"你他妈的在想什么呢，带一个女人到这儿来！让她出来，我们看看怎么把她从这栋楼里弄出去而不再次引起暴动。"

蒙塔巴诺没回答，去了卧室，米密在后面跟着。

"她藏在浴室里吗？"阿乌杰罗问道。

警长重新开始播放带子，但是放小了音量。

"这就是，那个女孩。"他说道。

他坐在床边。阿乌杰罗看着电视。然后突然之间就跌坐到了一把椅子里。

"我之前怎么就没想到啊？"

蒙塔巴诺按了暂停键。

"米密，事实是我和你，我们都没有投入地去对待两个老人的死和桑菲利普的死，我们忽视了一些应该做的事。我们或许有太多其他的想法而让头脑不清楚了。我们更关注我们自己的事情而非调查。故事结束了，我们才重新开始。你有问过你自己为什么桑菲利普会把和情人的书信都储存在电脑里吗？"

"没有，但因为他就是用电脑工作的……"

"米密，你有收到过情书吗？"

"当然了。"

"你是怎么做的？"

"有一些我留着了，其他的没有。"

"为什么？"

"因为有一些是重要的……"

"打住。你说是重要的。就内容而言当然是这样,但还因为它们被写作的方式,字迹、笔误、删改、大写字母、分段、信纸的颜色、信封上的地址……总之,看到信就很容易想起写信的人。是不是?"

"是啊。"

"但如果你把信转存到电脑里,那信就失去了它的全部价值,也许全部倒不至于,但大部分价值都没有了。甚至失去了它作为证据的价值。"

"对不起,什么意思?"

"就是你也不能要求进行笔迹鉴定。但不管怎样,有一份这些信的电脑打印版总比什么都没有要强。"

"对不起,我不明白。"

"我们假设桑菲利普有一段危险的关系,当然不是拉克洛①式的关系……"

"拉克洛是什么?"

"算了。我说危险是指如果一旦被发现的话,就完了,就死了。也许——乃奈·桑菲利普曾这样想过——如果他们发现我们的话,交出信的原件可能会救我们的命。简言之,他把信抄到电脑里,然后把原件放到什么显而易见的地方,准备好了做交易。"

"可是这并没有发生,因为原始的信件消失了,而他也被杀了。"

---

① 肖德洛·德·拉克洛(1741—1803),法国小说家,代表作为《危险的关系》,讲述爱情的游戏,以及对异性的追逐与诱惑。

"就是。这让我相信一件事,也就是桑菲利普尽管知道自己纠缠到这种关系中会面临危险,他还是低估了危险本身。我感觉,注意,只是感觉,这件事不仅仅涉及一个被戴了绿帽子的丈夫可能的报复问题。我们先继续往下想。我自问:如果桑菲利普丧失了利用亲笔信来引人回忆的机会的话,那他没可能留有哪怕一张他情人的照片或某种影像吗?于是我想到了保存在这儿的录像带。"

"你是来看它们的。"

"是,但我忘了我一开始看色情影片就犯困这件事。我正在看由他本人和几个不同的女人在这间屋里录制的带子。但我不认为他会这么笨。"

"怎么说?"

"就是说他应该做了一些预防措施以避免外人马上就发现他的情人是谁。"

"萨尔沃,也许你是累了,但……"

"米密,录像带有三十个,它们都需要看。"

"全部?!"

"是的,我跟你解释为什么。录像带有三种。五个是桑菲利普录的,记录他跟五个不同的女人的英雄行为。十五个是从某个地方买来的色情带子。十个是美国电影,供家庭看的。就像我说的,全部都需要看。"

"我还是不明白为什么要浪费这个时间。市场上售卖的录像带,不管是一般的电影还是色情片,都不可能再重新录了。"

"这就是你搞错的地方。可以再录的。你只需要用一定的方式修补带子就行了，尼可洛·继多曾经给我讲解过。你看，桑菲利普可能借助了这种方式：他拿一部电影的带子，比方说，《埃及艳后》，他让它放十五分钟，然后停止，开始录他想要录在上面的任何东西。会发生什么情况？当外人把带子放到录像机里，他只认为这是电影《埃及艳后》，他就不放了，把带子拿出来，再放进另外一个。然而那个带子里恰恰有他们要找的东西。我说清楚了吗？"

"很清楚。"米密说，"足够说服我看全部带子了。就算借助快进键也肯定要费很长时间。"

"你要有点儿耐心嘛。"蒙塔巴诺评论道。

他套上鞋，系了鞋带，穿了上衣。

"你为什么穿衣服了？"阿乌杰罗问道。

"因为我要回家了。你留在这儿吧。再说，你不是对那女人可能是谁有想法了吗，你是唯一能认出她来的人啊。如果你在这些带子中的某一个找到她的话，我确定你会找到她，你随时可以给我打电话。玩得开心。"

还没等阿乌杰罗开口，警长就走出了房间。

他走楼梯下来时，听到每一层都有人小心翼翼地开门：加富尔大街44号的住户都很警觉地等待着和警长做爱的惹火女人出来。他们将一夜无眠了。

街上空无一人。一只猫从一扇大门里钻出来，喵喵地跟他打了个招呼。蒙塔巴诺回应它："你好，过得怎么样？"那只猫心生好感，陪着他走了一会儿。之后又跑回去了。夜晚的空气逐渐消除了他的困意。他的车停在警局前面。一丝光从关着的大门底下透出来。他按了门铃,卡塔莱拉过来开门。

"是谁,头儿吗?您需要什么吗?"

"你睡觉呢?"

在门口旁边是电话总机和一个极小的房间,里面有一张窄床,值班的人可以躺在那儿。

"没有,头儿,我正在解一个纵横字谜。"

"你已经解了两个月的那个字谜?"

卡塔莱拉骄傲地微笑着。

"不是,头儿,那个已经解开了。我开始弄新的了。"

蒙塔巴诺进了他的办公室。在写字台上有一个小包,他打开了。里面是去廷达里郊游的照片。

他开始看起来。所有人都摆出微笑的脸庞,就像是在这种远游中的一项义务一样。因为在警局见过,他已经认识这些脸了。唯一不笑的就是戈利弗夫妇,他们俩只有两张照片。第一张中先生的头半转向后面,透过后车窗在向外看。而太太就以一副茫然的表情注视着镜头。第二张中,太太向前低着头,看不见她的表情,而先生这次目光注视前方,眼睛没有一丝光彩。

蒙塔巴诺重新看第一张照片。然后他开始在抽屉里找,速度越来越快,因为他发现他找不到要找的东西了。

"卡塔莱拉!"

卡塔莱拉跑进来。

"你有放大镜片吗?"

"那种能让东西看上去很大很大的镜片?"

"就是那种。"

"法齐奥也许有一个放在他桌子里了。"

卡塔莱拉回来时凯旋一般地把镜片高高举起。

"你拿着,头儿。"

透过后车窗被照到的小汽车,几乎紧贴着大巴,是一辆菲亚特朋多。跟乃奈·桑菲利普两辆车中的一辆一样。车牌能看见,但数字和字母蒙塔巴诺看不清。就算借助放大镜片也不行。也许不该抱幻想,在意大利境内有多少辆朋多啊?

他把照片放进口袋,跟卡塔莱拉告了别,进到车里。现在他感到需要好好睡上一觉了。

## 十一　情诗

他根本无法入睡，三个小时里一直在床上辗转反侧，像妈妈一样用被单把自己裹成襁褓状。时不时地开一下灯，看一眼放在床头柜上的照片，好像等待着发生奇迹一般，能让他的视力突然之间就变得锐利无比，能够辨认出跟在大巴后面的那辆朋多的车牌号。他靠着嗅觉，就像一只猎狗盯上了高粱地，因为在那儿放着能开启正确的那扇门的钥匙。早上六点传来的电话声对他来说是一种解脱。应该是米密。他接起电话。

"头儿，我吵醒您了？"

不是米密，是法齐奥。

"没有，法齐奥，别在意。你去忏悔了？"

"是的，头儿。他还是让我做了同样的忏悔，五遍万福玛利亚，三遍我们的圣父。"

"你们约好了？"

"是的。事情定了，黄昏行动。因此，我们要去……"

"等等，法齐奥，不要在电话里讲。你去休息一会儿吧。我们大约十一点在办公室见吧。"

他想起米密还在废寝忘食地看着乃奈·桑菲利普的录像带。最好让他暂停，也让他去睡上几小时。黄昏时他们要应对的事情不可轻视，需要所有人都是最佳的状态。但他没有乃奈·桑菲利普家的电话号码。天啊，要打电话给卡塔莱拉从他那儿要到，因为在警局里的某个地方肯定有这号码，这种想法连说都不要说。法齐奥应该知道。他正在回家的路上，要打他手机。但他不知道法齐奥的手机号。想想要是桑菲利普家的电话号出现在维加塔的电话簿上怎样！他无精打采地翻开电话簿，同样无精打采地看着。真有。但为什么当一个人要找一个号码时，都是从假设电话簿上没有开始的呢？米密在响了第五声时接了。

"谁啊？"

米密以一种低沉、谨慎的声音回答道。很显然他以为这个时候打来电话的只可能是桑菲利普的朋友。蒙塔巴诺背信弃义地捉弄起他来。他很会变声，他弄出挑衅的恶棍的语气。

"不，告诉我你是谁，笨蛋。"

"先告诉我你是谁。"

米密没听出来。

"我找乃奈。你让他接。"

"他不在家。但你可以跟我说，我会……"

"那么，如果乃奈不在家的话，米密一定在喽。"

蒙塔巴诺听到一串咒骂，然后是认出他来的阿乌杰罗的发怒的声音。

"只有像你一样的疯子才能想到早上六点钟打电话瞎胡闹。你有什么毛病？为什么你不去看医生？"

"你没什么发现吗？"

"什么都没有。如果我发现了什么我就给你打电话了，不是吗？"

阿乌杰罗还在为恶作剧烦躁呢。

"听着，米密，因为今晚我们要做一件重要的事情，我想最好你先别弄了，回去休息。"

"今晚我们要做什么？"

"稍后我告诉你。我们大约下午三点在办公室见。好吗？"

"好的。因为在看了这些带子之后，我觉得自己都成了缄口苦修会修士了。我们这么办吧，我再看两个，然后回家。"

警长挂了线，又拨通了他办公室的电话。

"喂！喂！这里是警察局！您是哪位？"

"我是蒙塔巴诺。"

"是您本人吗？"

"是。卡塔莱，告诉我一件事。我好像记得你有一个朋友在蒙特路撒法医实验室。"

"是的，头儿。契科·德·契科。他很高，那不勒斯人，因为他出生于萨莱诺，他是个真正心地温暖的家伙。只要想想一个明媚的早晨他给我打电话说……"

如果不及时制止他，卡塔莱拉能把契科·德·契科的生平逸事全讲给他听。

"你听着，卡塔莱，他的故事你以后再给我讲吧。他通常几点在办公室？"

"契科大约九点钟会在办公室，也就是再过两个小时。"

"这个契科是在照片甄别部门，是吗？"

"是的，头儿。"

"你要帮我个忙。打电话给德·契科,跟他约好见面。上午你要给他带过去一个……"

"我不能带给他,头儿。"

"为什么?"

"如果您想要,无论什么东西我都会带给他的,但德·契科今天上午肯定不在。他昨晚给我打电话时亲口说的。"

"那他在哪儿?"

"在蒙特路撒。在警察总部。所有人都在那里集合。"

"他们要做什么?"

"局长先生从罗马带来一位非常非常了不起的犯罪学专家,他要给他们上堂课。"

"上堂课?"

"是的,头儿。德·契科跟我说这堂课将告诉他们如果他们要撒尿时该怎么做。"

蒙塔巴诺很惊愕。

"你跟我说什么呢,卡塔莱!"

"我发誓,头儿。"

这时警长灵光一闪。

"卡塔莱,不是撒尿,可能是 PPA①。意思是'攻击者可能的轮廓'。你懂了吗?"

"没懂,头儿。但我要带给德·契科什么呀?"

"一张照片。我需要他给我放大。"

---

① 卡塔莱拉把 PPA 听成了 Pipì,在意大利语口语中是撒尿的意思。

电话那头没声了。

"喂，卡塔莱，你还在听吗？"

"是的，头儿，我没动。一直在这儿。我正在想。"

足足三分钟过去了。

"你尽量快点儿想，卡塔莱。"

"头儿，如果您给我照片，我就宰了您。"

蒙塔巴诺畏缩了一下。

"为什么你要宰了我？"

"不是，头儿，不是您，是照片，我要扫描①它。"

"卡塔莱，让我听明白。你是说电脑吗？"

"是的，头儿。如果我不能自己扫描的话，因为这确实需要一个好的扫描仪，我就把它带到一个信得过的朋友那儿。"

"好吧，谢谢。我们一会儿见。"

他挂上电话，可电话立刻又响了。

"猜中了！猜中了！"

是兴奋不已的米密·阿乌杰罗。

"我完全猜对了，萨尔沃。你等着我。十五分钟后我到你那儿。你的录像机好使吗？"

"好使。但你给我看没用，米密。你知道的这些色情的东西只会使我泄气，让我昏睡。"

"但这不是色情的东西，萨尔沃。"

他再次挂上电话，可电话又响了。

---

① 卡塔莱拉想说英语的"scan"，扫描，但却用了意大利语的动词说法"scannare"，而在意大利语中这个动词表示"宰杀"的意思。

"终于!"

是利维亚。那个"终于"并不是以高兴的口吻说的,而是完全的冰冷。蒙塔巴诺人体晴雨表的指针开始向"暴风雨"的方向晃动了。

"利维亚!真是惊喜啊!"

"你确定是惊喜吗?"

"为什么不是?"

"因为数天来我都没有你的消息了。你不应该给我打个电话吗!我给你打了又打,但你始终不在家。"

"你可以打电话到办公室啊。"

"萨尔沃,你知道我不喜欢往那儿给你打电话。为了得到你的消息,你知道我做了什么吗?"

"不知道。告诉我吧。"

"我买了《西西里日报》。你看过了吗?"

"没有。上面写了什么?"

"说你手头上至少有三宗谋杀案,一对老夫妇和一个二十岁的人。写文章的人还暗示你无从破案。总之,说你大不如前。"

这可以是一条逃生之路。把他说成是一个不幸的人,被时代抛在了后头,什么都不明白了,什么都不想要了。这样利维亚就能平静下来,也许还会对他感到抱歉呢。

"啊,我的利维亚,这再确切不过了!也许是老了,也许我的头脑不如从前了……"

"不,萨尔沃,你放心。你的头脑还一如从前。你正在用你最拙劣的表演向我证明这一点。你想要被人照料吗?我不会相信的,你知道吗?我太了解你了。给我打电话。当然,在你有空的时候。"

她挂了电话。为什么每次和利维亚通话都要以小吵小闹结束?这样下去不行,绝对需要找到一种解决办法。

他进了厨房,填满了咖啡壶,把它放到火上。在等水开的时候,他打开了落地窗,到阳台外面。这是振奋情绪的一天。明亮温暖的色彩,慵懒的海水。他深深地吸了口气,这时电话又响了。

"喂!喂!"

没人回答,但电话又开始响了。怎么可能,他的手里握着听筒呢?后来他才明白:不是电话,是门铃。

是米密·阿乌杰罗,比 F1 赛车手的速度还快。他站在门口,没下定决心进来,脸上笑开了花。他手里拿着一盘录像带,在警长鼻子底下晃。

"你看过《逃亡之路》吗,一部电影……"

"嗯,我看过。"

"你喜欢吗?"

"还不错。"

"这版会更好看。"

"米密,你进来不?跟我到厨房来,咖啡煮好了。"

他倒了一杯给自己,另一杯给了跟在他后面的米密。

"我们到那边去。"阿乌杰罗说道。

那杯咖啡他一饮而尽,肯定烫着食道了,但是他太急切、太迫不及待地要给蒙塔巴诺看他发现的东西,特别是他要为自己的直觉力而得意一番。他把带子插了进去，但是兴奋得插反了。他边骂边把带子正过来，开始播放。在快进了二十分钟的《逃亡之路》之后，有五分钟的内容被删除了，只能看见跳跃的白点，听见嘶嘶啦啦的声音。米密完全关掉了声音。

"我觉得他们不会讲话的。"他说。

"'你觉得'是什么意思？"

"你知道，我不是连续看的带子。我是跳着看的。"

之后出现了一个场景。一张双人床，上面铺着洁白的床单，两个枕头被摆放成头垫的样子，还有一个直接倚靠在浅绿色的墙上。还可以看见两个用浅色木做成的很典雅的床头柜。这不是桑菲利普的卧室。又有一分钟的时间什么内容都没有，但是很明显有人正在操纵摄像机对焦，那片白色发出炫目的强光。接着是一片漆黑。随后同样的画面再次出现，但更加狭小了，床头柜看不见了。这次有一个三十岁左右的女人在床上，全裸着身体，有着足以为傲的晒黑的肤色，全身出镜。刮过体毛的部位显得很突出，因为那里的皮肤是象牙白色，很显然是被丁字裤遮挡了阳光。一看见她，警长感到一阵颤抖。他认得她，肯定！他们在哪儿见过？一秒后他纠正了自己，不，他不认得她，但他以某种方式见过她。在一本书的书页上，在一幅复制画上。因为这个女人，她长长的腿，坐在床上的骨盆，靠在头垫上的身体轻微偏向左边，两手交叉放在脑后，像极了戈雅的《裸体的马哈》。然而不仅仅是这个姿势给了蒙塔巴诺错觉：这个他不认识的女人也有和马哈同样的发型，有一抹浅笑在脸上。

"好像蒙娜丽莎。"警长想道，因为此刻他走上了绘画比较之路。

摄像机保持不动,就好像它被自己拍摄的镜头迷住了一样。那陌生的女人在床单上和靠垫上都非常自在、放松,乐得其所。一个床上的尤物。

"她是你读信时想到的那个人吗?"

"是。"阿乌杰罗回答道。

一个单音节词里能包含有世界上所有的骄傲情绪吗?米密可是做到了。

"但你是怎么想到的?我觉得你只是匆匆地看过她几次。而且都是穿着衣服的。"

"你看,他在信中都描画出了她的样子了。甚至,不对,那都不是肖像画,而是雕刻。"

为什么那女人,一谈到她,就会让人想到艺术的事儿呢?

"比方说,"米密继续说道,"他提到了她腿的长度和上半身的长度不成比例,你好好看看,她的上半身有点儿长。然后他还描述了她的发型、眼睛的形状……"

"我明白了。"蒙塔巴诺满怀嫉妒地打断了他。

毋庸置疑,米密对女人是有着独到的眼光。

这时摄像机镜头放大了她的脚部,并沿着她的身体慢慢向上拉,短暂地在她的阴部、肚脐和乳头上停留,最后落在了她的眼睛上。

那女人的瞳孔本身闪耀的光芒怎么可能如此强烈,以至于她凝视的目光有着催眠人的鬼魅?那女人是什么,一种危险的夜行动物吗?他又仔细看了看,放下心来。那不是女巫的眼睛,她瞳孔反射的是乃奈·桑菲利普为了更好的照明所使用的泛光灯的光。摄像机移动到了嘴上。她的嘴唇，如同两团烈焰占据了整个屏幕，动了、分开了，像猫舌头一样的舌尖露出来，先舔了上嘴唇，后舔了下嘴唇。没有任何低俗感，但看着屏幕的两个男人都因这个举动的强烈性感惊讶得说不出话来。

"倒回去把音量开到最大。"蒙塔巴诺突然说道。

"为什么？"

"她说了些什么，我肯定。"

米密听从了。一退到嘴部的那个镜头，一个男人的声音就嘟哝了一些听不懂的话。

"是。"那女人清楚地回答道。然后开始在嘴唇上移动她的舌头。

因此声音是有的。很少，但是有。阿乌杰罗把音量调高。

之后摄像机往下拉到颈部，像一只深情的手从左到右，再从右到左轻轻掠过，翻来覆去，一种挑逗的抚摸。事实上可以听到她轻微地呻吟了一声。

"是大海。"蒙塔巴诺说道。

米密费力地把眼睛从屏幕上移开，困惑地看着他。

"什么？"

"能听到那种连续、有节奏的声音。那不是背景的窸窸窣窣的声音。而是大海有一点儿风浪时发出的声音。他们所在的房子一定是在海边，就像我家一样。"

这次米密看着他的表情变成了钦佩。

"你耳朵可真尖啊，萨尔沃！如果这是大海的声音，那么我知道他们是在哪儿拍的了。"

警长向前探着身子,抓起遥控器倒带。

"干什么?"阿乌杰罗提出异议,"我们不继续往下看了?我告诉过你了我是跳着看的!"

"你要是个好孩子,你早就会都看了。话说回来,你能把你看过的做一下概述吗?"

"就是这样继续下去。乳房、肚脐、肚子、阴部、大腿、小腿、脚。之后她转身,他又从背后拍了一遍。最后她肚子朝上,更舒服地躺着,把一个枕头放在屁股下面,张开腿留出够摄像机拍……"

"好了,好了。"蒙塔巴诺打断他,"没发生任何别的事吗?一直看不见那男人吗?"

"看不见。没发生别的。因此我告诉你了这不是色情的东西。"

"不是?"

"不是。这拍摄的是一首爱情诗。"

米密是有道理的,蒙塔巴诺没回答。

"你愿意给我介绍下那位女士吗?"他问道。

"十分荣幸。她叫瓦尼亚·提图莱斯古,三十一岁,罗马尼亚人。"

"避难者吗?"

"根本不是。她的父亲在罗马尼亚是卫生部部长。瓦尼亚本人是医科毕业,但在这儿她不行医。她后来的丈夫已经是他那个领域的名人了,被邀请到布加勒斯特进行一系列讲学。他们就相爱了，或者至少他爱上她了，他把她带回意大利，娶了她。尽管他比她大二十岁，但那女孩抓住了机会。"

"他们结婚多久了？"

"五年了。"

"你能告诉我她丈夫是谁吗？还是你打算让我且听下回分解。"

"埃乌杰尼奥·伊尼阿齐奥·因格洛医生兼教授，器官移植的魔术师。"

一个有名的名字，经常出现在报纸上、电视上。蒙塔巴诺试着回忆他，他想起了模糊不清的一个男人的形象，高高的，很优雅，话不多。他真的是被认为有着一双魔法之手的外科医生，被邀请到欧洲各地做手术。他还有一个医院在蒙特路撒，他就是在那儿出生的，并且现在还生活在那儿。

"他们有孩子吗？"

"没有。"

"对不起，米密，但所有的这些消息你都是今早看完录像带后才收集的吗？"

米密笑了。

"不是，当我相信信中的女人就是她后我了解到的。录像带只是一种确认。"

"你还知道什么别的？"

"在这儿，在我们管辖的范围，确切地说是在维加塔到桑多利之间，他们有一个带一小片私人沙滩的海边别墅。他俩肯定是利用丈夫离开蒙特路撒出差的机会在那儿拍的视频。"

"他忌妒吗?"

"忌妒。但不会很过分。因为关于她还没有传出不忠的流言。她和桑菲利普很善于不把涉及他们关系的任何事情泄露出去。"

"我问你一个更具体的问题,米密。因格洛教授如果发现背叛的话,他是会杀人或是找人杀害妻子的情人的人吗?"

"为什么你问我?这个问题你应该问她的朋友因格力特。对了,你什么时候见她?"

"我们本来说好了今晚,但我推迟了。"

"啊,是啊,你跟我提到有一件重要的事情,一件我们要在傍晚做的事情。是关于什么的?"

"现在我就要告诉你。带子你留在我这儿。"

"你想要给那个瑞典女人看?"

"当然了。那么暂时总结一下这件事吧,你怎么看待乃奈·桑菲利普的死?"

"我应该怎么看待,萨尔沃?再清楚不过了。因格洛教授以某种方式发现了他们的事,就杀了那男孩呗。"

"为什么不连她也杀了?"

"因为那样会引发一个巨大的国际丑闻。他不能让他的私生活有任何阴影,这会减少他的收入的。"

"但他不是很有钱吗?"

"非常有钱。至少,如果没有什么困扰能断了他的财源的话他是非常有钱的。"

"他赌博吗?"

"不，不赌博。也许在圣诞节时会玩金兰姆①吧。不对，他有收藏画的嗜好。据说在很多家银行的保险柜里都存有他收藏的价值连城的画作。在他喜欢的画面前，他就不能自已。他都能让人去偷。有流言说如果拥有德加画作的人跟他提议用他的妻子瓦尼亚交易的话，他会毫不犹豫地接受。你怎么了，萨尔沃？你没听我说吗？"

阿乌杰罗注意到他的头儿的心思已经飘远了。实际上警长正在琢磨为什么一提到或一看到瓦尼亚·提图莱斯古就总是出现跟绘画有关的话题。

"那么我似乎明白了，"蒙塔巴诺说，"在你看来桑菲利普的谋杀是医生派人干的。"

"如果不是，还能有谁？"

警长的思绪又飞到了仍然放在床头柜上的照片上。然而他立刻放弃了，他要先等新的行家——卡塔莱拉的回复。

"那么，你要告诉我今晚我们要做的事是什么吗？"阿乌杰罗问道。

"今晚？没什么，我们要去抓巴尔杜乔·西纳戈拉疼爱的孙子雅皮基努。"

"那个逃犯？"米密跳着脚问道。

"是的，就是他。"

"你知道他藏在哪儿？"

"还不知道，但一个神父会告诉我们的。"

---

① 一种双人纸牌游戏。

"一个神父？这他妈的什么事啊？你现在从头讲给我听，一句话都不能落下。"

蒙塔巴诺从头给他讲，一句话都没落下。

"最最美丽的圣母啊！"最后阿乌杰罗抱着脑袋评论道。他好像十九世纪表演教材上"极为震惊"这一词条旁的插图一样。

## 十二　邮折

卡塔莱拉先像近视一样把照片贴到眼睛上看，之后又像远视眼一样把照片举到胳膊长度的位置。最后他紧锁双眉。

"头儿，我有的扫描仪肯定不行。我得把它带到我那位信得过的朋友那儿。"

"得花多少时间？"

"最多两个小时，头儿。"

"你尽可能早回来。谁留在总机值班？"

"卡鲁佐。啊，头儿，我要告诉您那位孤儿先生从今早开始就等在这儿要跟您谈。"

"这位孤儿是谁？"

"他叫戈利弗，父母亲都被杀害了的那位。他说他听不懂我说的话。"

大卫·戈利弗穿着一身黑，正在戴重孝。他头发凌乱，衣服褶褶皱皱，一副筋疲力尽的表情。蒙塔巴诺向他伸出手，邀他坐下。

"他们让您来做正式的辨认吗？"

"是的，太不幸了。我昨天傍晚时候到的蒙特路撒。他们带我去看了。之后……之后我回到宾馆，就这样穿着衣服扑倒在床上，我感觉很不好。"

"我能理解。"

"有什么进展吗，警长？"

"还没有。"

他们对看着，都很沮丧。

"您知道吗？"大卫·戈利弗说道，"我不是想要报仇才焦急地等待着您抓到凶手。我只是想知道他们为什么这样做。"

他是真诚的，他甚至都不知道蒙塔巴诺所说的他父母的隐疾是什么。

"为什么他们要这样做？"大卫·戈利弗又问了一遍，"就为了抢走我爸爸的钱包或是我妈妈的手拎包吗？"

"啊？"警长说道。

"您不知道吗？"

"他们拿走了钱包和手拎包？不对啊。我确定他们在您母亲的身体下面找到了她的手拎包啊。我没有看您父亲的衣兜。再说不管手拎包还是钱包都没什么重要的啊。"

"您是这样想的？"

"当然了。杀了您父母的人就算能让我们找到钱包和手拎包，也已经清理掉了所有可能让我们找到他们的线索。"

大卫·戈利弗似乎陷入了回忆当中。

"妈妈手里从不离她的包，有时我会开她玩笑。我问她那里面有什么宝贝。"

他被卷入到激动的漩涡中，从他的内心深处发出一种啜泣的声音。

"请您原谅。因为他们还给我了我父母的遗物，衣服、爸爸放在衣兜里的硬币、结婚戒指、家里的钥匙……所以我来这儿找您想要征得您的允许……总之，如果我能去公寓里开始清点……"

"您想要怎么处理那公寓？它是他们名下的对吗？"

"对。他们付出了很多才买了它。在合适的时候我想卖了它。现在我再没什么理由回维加塔了。"

又是一声压抑的啜泣。

"您父母还有其他财产吗？"

"据我所知再没有了。他们靠退休金生活。爸爸有一个邮折存了他和妈妈的退休金……但每个月末都只能剩下很少的钱。"

"我好像没看见过这个邮折。"

"没有？您仔细看过爸爸保存文件的地方了吗？"

"它不在那儿。我本人仔细检查过。也许凶手把它和钱包、手拎包一起拿走了。"

"但是为什么？他们拿他们用不了的邮折干什么？它就是一张废纸！"

警长站起身来。大卫·戈利弗也站了起来。

"我完全不反对您去您父母的公寓。甚至，如果您在那些文件中找到什么……"

他突然停住了。大卫·戈利弗疑问地看着他。

"对不起请等我一下。"警长说着走了出去。

他边在心里咒骂着，边想着戈利弗夫妇的那些文件还都在警局里，是他从他们家里带来的。事实上塑料垃圾袋在库房里。

他觉得把家庭的回忆以那种包装形式交给儿子不太好。他在库房翻了个底儿朝天,也没找到任何能用得上的东西,纸盒或是说得过去的袋子都没有。他只好认命了。

当蒙塔巴诺把垃圾袋放在他脚边时大卫·戈利弗显出了迷惑的神情。

"我从您家里拿来的,里面装着那些文件。如果您愿意,我可以派人捎给您……"

"不,谢谢。我开车了。"对方僵硬地说道。


他不想告诉那孤儿——卡塔莱拉就是这样称呼他的(对了,卡塔莱拉走了多长时间了?)——让邮折消失的理由是有的。一个很有力的理由:不让别人知道邮折里存了多少钱。邮折里的钱数可能就是那隐疾的征兆,为此那个尽责的医生才出面干预。当然,这是假设,但有必要证实一番。他打电话给公诉人托马赛,花了半个小时时间去反驳对方提出的官僚说法。然后托马赛答应会立刻采取措施。


邮局大楼离警局不远。那是一个可怕的建筑,因为它开始兴建于四十年代,那时盛行法西斯建筑风格,但它于二战后才完工,建筑风格也随之发生了变化。经理办公室在二层,在完全空空荡荡的走廊尽头,因为孤独和偏僻而令人害怕。警长敲了一扇门,门上有一个塑料长方形,写着"经理"。而在塑料长方形下面有一张纸,上面画着一根香烟被两条交叉的红线切开。下面写着"严禁吸烟"。

"请进!"

蒙塔巴诺走进去,他看到的第一个东西是墙上的一个真正的横幅,还是写着"严禁吸烟"。

而横幅下面的肖像画中闷闷不乐地看着他的共和国总统似乎在说:"您必须对我负责。"

再下面还有一把高背椅,经理阿蒂利奥·莫拉斯科骑士就坐在那儿。在莫拉斯科骑士面前是一张巨大的写字台,全被文件堆满了。经理是个和末代国王维托里奥·埃马努埃莱三世很像的小矮个儿,他的平头看上去跟翁贝托一世一样,一对儿小胡子跟那位所谓的绅士国王①酷似。警长绝对确信他是站在一位萨沃亚家族的子孙面前,一个私生子,就像绅士国王生的众多私生子一样。

"您是皮埃蒙特人吗?"蒙塔巴诺看着他脱口说出来。

对方目瞪口呆。

"不是,为什么这么问?我是科米蒂尼人。"

他可能出生于科米蒂尼、帕特尔诺或是拉法达利②,但蒙塔巴诺不会因此改变想法的。

"您是蒙塔巴诺警长,对吗?"

"对。托马赛公诉人给您打过电话了?"

"是的,"经理不情愿地承认道,"但是电话归电话。您明白吧?"

---

① 即维托里奥·埃马努埃莱二世。这里提到的三位国王是萨沃亚家族建立的现代君主国的三任国王。
② 是西西里岛阿格里真托省的三个城镇。

"当然我明白。比方说,对我来说玫瑰就是玫瑰就是玫瑰就是玫瑰。"

莫拉斯科骑士对其博学地引用斯泰因①的诗句并不感兴趣。

"那我们就达成共识了。"他说道。

"对不起,什么意思?"

"意思是口说无凭,立书为证。"

"您能解释得更清楚一点儿吗?"

"当然了。公诉人托马赛给我打电话说您被授权调查已故的阿尔丰索·戈利弗先生的邮折。我同意,我把它视为,怎么说呢,一种预先通知。但直到我收到书面的申请或授权书之前,我不能允许您违背邮政保密条款。"

由于这些话激怒了警长,他有一刻险些飞起来。

"我会再来的。"

他刚要起身,经理用一个手势阻止了他。

"等等。有一个解决办法。我能看看您的证件吗?"

飞起来的风险更大了。蒙塔巴诺用一只手将身体固定在他坐的椅子上,另一只手递出证件。

萨沃亚家的私生子审视了很长时间。

"公诉人打来电话后,我就想象到您会急忙赶过来。所以我准备了一个您要签字的书面通知,这上面说明您会替我承担此事的一切责任。"

"我很愿意替您承担责任。"警长说道。

---

① 格特鲁德·斯泰因(1874—1946),美国作家与诗人。

他没看那份书面通知就签了名,把证件装回衣兜里。莫拉斯科骑士站起来。

"您在这儿等我。需要花十分钟左右。"

在他出去之前,他转过身来指着共和国总统的照片。

"您看见了吗?"

"是的,"蒙塔巴诺迷惑地说道,"是钱皮。"

"我不是说总统,是说上面写的话。严禁吸烟。我说好了,您不要趁我不在就抽烟。"

那人一把门关上,警长就感到有抽烟的强烈愿望。但禁烟是正当的,因为众所周知,吸二手烟导致了数百万人的死亡,而烟雾、二氧化物和汽油中所含有的铅却没有造成那么多人死亡。他站起来,走出去,下到一楼,碰巧看到三个工作人员在抽烟,于是他走到外面去,一下子坐到人行道上,连着抽了两根烟,回到里面,抽烟的工作人员这时变成了四个,他爬上楼梯,再次走过荒凉的走廊,没敲门就打开了经理办公室的门,走了进去。莫拉斯科骑士坐在位子上,摇着头不满意地看着他。蒙塔巴诺坐回他的椅子,脸上 副上学迟到时犯错的表情。

"我们已经打印出了资料。"他板着脸说道。

"我能看看吗?"

在给他之前,骑士检查了一下写字台上警长签名的东西还在。

警长一点儿都看不明白,特别是他在最后读到的数目好像太多了时。

"您能给我解释一下吗?"他说道,还是用他上学时的那种语气。

经理身体向前倾,基本上已经趴在写字台上了,躁怒地从警长手里拽过来那张纸。

"都很清楚啊!"他说道,"从打印的资料可以看出来戈利弗夫妇的退休金总数是每月三百万里拉,分别是先生的一百八十万和太太的一百二十万。在取钱的时候,先生取走他自己的退休金作这月之用,留下他妻子的退休金存起来。这就是他们一般的情况。当然会有少数例外的时候。"

"但就算他们是极其小气和节俭的,"警长大声推断道,"这账目也不合理啊。我好像看到在折子上有将近一亿!"

"您看得对。准确说是九千八百三十万里拉。但这没什么出奇的。"

"不出奇?"

"是的,因为两年来阿尔丰索·戈利弗先生总是准时往这里存钱,每月一号,总是两百万里拉。这样总共就是四千八百万,再加上他们的积蓄。"

"这每月两百万他是从哪儿得来的?"

"您别问我。"经理说道,好像被冒犯到了。

"谢谢。"蒙塔巴诺说着站起来。他伸出手来。

经理也站起来,绕过写字台,上下打量着警长,和他握了握手。

"您可以给我这份资料吗?"蒙塔巴诺问道。

"不行。"萨沃亚家的私生子冷淡地回答道。

警长走出办公室,一走到人行道上他就点了一根烟。他猜对了,他们弄走了邮折是因为这四千八百万就是戈利弗夫妇致命疾病的征兆。

在他回到办公室十分钟后,卡塔莱拉带着一副地震受难者的凄凉脸孔回来了。他手里拿着照片,把它放到了写字台上。

"用我那信得过的朋友的扫描仪也不行。如果您愿意,我还是把它拿到契科·德·契科那儿吧,因为那位犯罪学专家的事儿明天才开始。"

"谢谢,卡塔莱,我自己给他拿过去吧。"

"萨尔沃,但是为什么你不学习使用电脑呢?"利维亚有一天曾经问过他。她还说:"你不知道你会解决多少问题!"

好吧,可同时电脑就解决不了这个小问题,只是让他浪费时间。他提醒自己要把这件事跟利维亚说,以便和她保持热烈的讨论。

他把照片放到衣兜里,从警局出来,上了车。然而他决定在去蒙特路撒之前先去趟加富尔大街。

"戈利弗先生在上面。"门房太太告诉他。

大卫·戈利弗过来给他开门,他穿着衬衫,手里拿着硬刷子,正在清扫公寓。

"灰太多了。"

他把警长带到饭厅。桌子上堆着警长不久之前给他的那些文件。戈利弗截断了警长的目光。

"您说得对,警长。邮折不在。您想要跟我说什么吗?"

"是的。我去了邮局,我让他们告诉我了您父母的邮折里有多少钱。"

戈利弗做了个手势,好像是说这事没有什么好说的。

"很少,是吧?"

"准确地说是九千八百三十万里拉。"

大卫·戈利弗脸色变得苍白。

"搞错了吧!"他结巴地说道。

"一点儿没错,您相信我。"

大卫·戈利弗双膝颤颤巍巍,瘫倒在一把椅子上。

"但是怎么可能?"

"两年来您父亲每个月往这里存两百万。您知道谁可能给他这些钱吗?"

"我一点儿都不知道!他们从没跟我说过有额外收入。我无法理解。一个月两百万是非常可观的薪金。像我父亲那么大岁数,他能做什么挣这些钱?"

"没有说这是薪金。"

大卫·戈利弗脸色更加苍白了,他从困惑变得现在看上去是惊恐了。

"您认为这有联系?"

"在每月两百万和您父母的被害之间?这是要认真考虑的一种可能性。他们让邮折消失不见正是为此,为了避免我们想到一种因果关系。"

"但是如果不是薪金,那会是什么?"

"嗯,"警长说道,"我想做个推测。但在这之前我要先问您一件事,我请您诚实回答。您父亲会为了钱做不正当的事吗?"

大卫·戈利弗没有立刻回答。

"这很难说……我想不会,他不会做的。但他,怎么说呢,易被人利用。"

"什么意思?"

"他和妈妈都很依赖钱。所以,您的推测是什么?"

"例如,您父亲把自己的名字借给了某个做非法事情的人。"

"爸爸不会做这种事的。"

"即使这件事是以合法的形式介绍给他的也不会吗?"

这次戈利弗没回答。警长站起来。

"如果您想到什么可能的解释……"

"当然,当然。"戈利弗心不在焉地说道。他陪蒙塔巴诺走到门口。

"我想起一件去年妈妈跟我说过的事情。我来看他们,妈妈趁爸爸不在的时候低声对我说:'我们要是不在了,你会收到一份惊喜的。'但可怜的妈妈有时说话漫不经心。她没再提起这一话题。我也完全忘记了。"

到了蒙特路撒警察总局,他让总机给契科·德·契科打电话。他一点儿也不想碰到接替雅各慕奇的法医头头儿瓦尼·阿尔奎阿。他们互相反感。德·契科跑了过来,从他那儿拿了照片。

"我还怕会更糟呢。"他看着照片说道,"卡塔莱拉跟我说他们用电脑试了,但……"

"你能给我那个车牌号码吗?"

"我想可以,警长。不管怎样今晚我都给您打个电话。"

"如果你找不到我,就告诉卡塔莱拉。但你要让他把数字和字母写正确,否则他可能会写出一个明尼苏达州的车牌来。"

在回来的路上,他几乎觉得有义务到那棵撒拉逊橄榄树下小憩一下。他需要停下来思考,真正的思考,不像政客们所谓的停下来思考,那反而会陷入深深的昏迷状态。他跨骑在他惯常坐的那根树杈上,背靠着树干,点上一根烟。但是他马上觉得坐得不舒服,他感到树木那令人讨厌的节瘤直戳他的大腿内侧。他有了一种奇怪的感觉,好像橄榄树不愿意他坐在那儿,好像它试图让他改变位置。

"我想了一些蠢事!"

他坚持了一小会儿,之后他受不了了,从树杈上下来。他去车里,拿出一份报纸,回到橄榄树下,把报纸铺开,脱掉上衣,躺在上面。

从下面往上看,在这个新视角中橄榄树好像变得更大,更错综复杂了。他看到了之前在树里面无法看到的枝杈的复杂性。他想到了一些话。"有一棵撒拉逊橄榄树,一棵大树……它为我释然一切。"谁说过这些话?树释然了什么?之后他的记忆更加清晰起来。这些话是皮兰德娄在临终前几小时对他儿子说的。这些话出自《高山巨人》,他未完成的作品。

有半个小时时间,他就这样仰面朝天,目光一刻也没有从树上挪开。他越看,橄榄树越向他舒展,越告诉他时间是如何将它鞭打、拧转,水和风是如何年复一年地迫使它形成这种样子,这种样子并非任性或偶然,而是必需。

他的眼睛注视着三根粗大的树枝,有一小会儿它们几乎是平行地伸展,之后它们各自发挥想象,突然呈"之"字形,向后旋转,横跨一步,迂回,摆出阿拉贝斯克舞姿。三根中中间的那根比另外两根偏低,但用它弯曲的小树枝钩到了另外两根的上面,好像想要在它们共有的这一刻紧紧地依附在一起似的。

歪了歪脑袋更专注地看着,蒙塔巴诺注意到这三根树枝并不是比邻着互相独立生长的,而是源于同一点,一个从树干突出来的粗大起皱的肿块。

可能是一阵轻风吹动了树叶。一缕阳光突然落在了警长的眼睛上,使他目眩。眯起眼睛,蒙塔巴诺笑了。

不管德·契科晚上会告诉他什么,现在他能肯定跟在大巴后面驾驶小汽车的就是乃奈·桑菲利普。


他们在枸杞丛后面等着,手枪上了膛。克鲁切拉神父指给了他们一间人迹罕至的农舍,那就是雅皮基努的秘密藏身之处。然而神父在离开之前向他们强调必须非常小心地接近,他不能肯定雅皮基努会准备不做反抗地投降。更重要的是,他配有冲锋枪,很多次他都展示过他知道如何使用它。

警长因此决定按步骤靠近。法齐奥和加洛被派到房子后面。

"这阵儿他们应该就位了。"米密说道。

蒙塔巴诺没回答,他想要给他的两个手下必要的时间选择好正确的位置。

"我去了,"阿乌杰罗不耐烦地说道,"你掩护我。"

"好吧。"警长同意了。

米密开始慢慢地匍匐前进。天上有月亮照耀，不然他的前行根本看不出来。农舍的门很奇怪地大敞着。并不奇怪，好好想想，肯定是雅皮基努想要让人以为这房子是荒废的，但事实上他隐匿在里面，手里拿着冲锋枪。

在门前面米密半站起来，他停在门口探头看，之后轻轻地走了进去。几分钟后他又出现了，向警长的方向挥了挥胳膊。

"这里什么人都没有。"他说。

"但他没长脑子吗？"蒙塔巴诺紧张地自问道，"他不知道自己可能会遭到射击吗？"

就在这时，他感到自己因恐惧而发抖，他看到冲锋枪的枪杆从门正上方的小窗户里伸出来。蒙塔巴诺跳了起来。

"米密！米密！"他喊道。

他停住了，因为他觉得自己好像正在唱普契尼的歌剧《波西米亚人》。

冲锋枪射击，米密倒下了。

杀了阿乌杰罗的这声枪响惊醒了警长。

他仍然躺在报纸上，在撒拉逊橄榄树下面，被汗湿透了。至少一百万只蚂蚁占据了他的身体。

## 十三　农舍寻访

不够确切、乍一看上去很虚幻，这正是梦境和现实之间的差别。克鲁切拉神父指明的作为雅皮基努秘密藏身处的那个人迹罕至的小农舍跟警长梦见的一样，只不过这间农舍没有小窗户，而是有一个敞开的小阳台在同样敞开的大门上面。

和梦里不同的是，神父并没有匆忙离开。

"我，"他说，"您可能会用得上。"

蒙塔巴诺在心里默念咒语。克鲁切拉神父与警长和阿乌杰罗一起蹲伏在一片巨大的高粱地里，他看着农舍，担心地摇了摇头。

"怎么了？"蒙塔巴诺问道。

"我不太相信那门和阳台。我来找他的数次那里都是关着的，要敲门才行。小心，我嘱咐您。我不能保证雅皮基努会准备束手就擒。他手头有冲锋枪而且他会使用。"

在确定法齐奥和加洛已经到达房子后面的位置后，蒙塔巴诺看了看阿乌杰罗。

"我现在过去，你掩护我。"

"这是什么新鲜事？"米密反对道，"我们一直是相反的。"

蒙塔巴诺不能告诉他在梦里自己看见他死了。

"这次变过来。"

米密没回答,他拿着点三八手枪蹲下去,他能从警长的声调中辨别出来什么时候可以争论,什么时候不能。

还没到深夜。在漆黑前面还有灰蒙蒙的光亮,能让人分辨出事物的轮廓来。

"他怎么不开灯呢?"阿乌杰罗用下巴指着黑暗中的农舍问道。

"也许他在等我们。"蒙塔巴诺说道。

他站起来,走了出去。

"你干什么?你干什么?"米密小声说道,试图抓住他的上衣把他拽下来。之后突然之间,米密有了一个令他害怕的想法。

"你有手枪吗?"

"没有。"

"你拿着我的。"

"不。"警长重申一遍,向前走了两步。他停住,在嘴边窝起两只手喊道:

"雅皮基努!我是蒙塔巴诺。我没有武器。"

没有回答。警长又向前走了一段,很冷静,好像是在散步。距离房门还有三米远的时候,他再次停下来,用比正常的音量稍高一点儿的声音说道:

"雅皮基努!现在我进来了。这样我们可以平静地谈谈。"

没有人回答,没有人动。蒙塔巴诺把双手举高,进到房子里。屋里一片漆黑,警长稍稍走到一边,以便不让人看见他在门口。就在那时他闻到了他曾经很多次闻过的气味,每一次这种气味都让他感到一阵轻微的恶心。在开灯之前,他已经知道自己会看到什么了。雅皮基努躺在房间中央,在看上去像一张红色的毯子的东西上面,但事实上那是他的鲜血,他的喉咙被割开了。他应该是被偷袭的,那时他正背对着凶手。

"萨尔沃!萨尔沃!发生什么事了?"

是米密·阿乌杰罗的声音。蒙塔巴诺向门外探出头。

"法齐奥!加洛!米密,你们过来!"

他们跑了过来,神父在他们后面,气喘吁吁。之后,看到雅皮基努,所有人都僵住了。第一个动起来的是克鲁切拉神父,他跪在被杀的人旁边,不顾血迹弄脏了他的教士服,开始进行赐福仪式,喃喃低语着祷告词。米密则摸了一下死者的前额。

"他们杀了他不过两个小时。"

"现在我们做什么?"法齐奥问道。

"你们三个人坐一辆车先走。给我留下另一辆车,我在这儿和神父谈一小会儿。记住,这个房子我们从没有来过,死了的雅皮基努我们从没见过。另外在这儿我们是越权的,这不在我们的管辖范围。我们可能会有麻烦的。"

"但是……"阿乌杰罗试图说话。

"但是个头啊。我们晚点儿在办公室见。"

他们像被打了的狗一样,不情愿地出来了。警长听到他们在渐行渐远时还牢骚不断。神父沉浸在他的祷告当中。他有很多要念的。万福玛利亚、我们的圣父、安魂弥撒,来赎雅皮基努肩负的多项谋杀的罪,不管当时他正乘帆船远航何地。蒙塔巴诺爬上通往楼上房间的石阶,打开灯。有两张行军床,上面只铺了床垫,一个床头柜在中间,一个破旧的大衣柜,两把木椅子。在一个角落里,有一个小圣餐桌,也就是一个低矮的小桌上面铺上了白色的刺绣桌布。在圣餐桌上面有三个小塑像:圣母玛利亚、耶稣的圣心和圣卡洛杰罗。每一个塑像前面都有各自点亮的小灯。雅皮基努是个虔诚的孩子,就像他的祖父巴尔杜乔坚称的那样,如此虔诚以至于他还有一个精神上的神父。只不过不管是雅皮基努还是神父都错把迷信当成了宗教。就像大部分西西里人一样。警长记起来有一次他看了一幅二十世纪早期绘制的粗糙的向上帝还愿画。表现的是一个粗人,一个逃跑的农夫被两个戴羽毛翎子帽子的宪兵追赶。在上方,右侧,圣母从云中探出身来,给逃亡者指出逃跑的最佳路径。卷形石雕文字则写着:"为了逃脱法律的掌控。"在一张行军床上斜放着一把卡拉什尼科夫枪。他关上灯,下了楼,拉出两把藤椅中的一把坐下。

"克鲁切拉神父。"

还在祈祷中的神父晃过神来,抬起眼睛。

"哎?"

"您拿张椅子坐下,我们得谈谈。"

神父听从了。他眼睛有些充血,满身大汗。

"我怎么把这消息告诉巴尔杜乔先生啊?"

"不需要了。"

"为什么?"

"这时他们已经告诉他了。"

"谁?"

"杀手,很显然。"

克鲁切拉神父尽力去理解。他盯着警长看,动着嘴唇却说不出话来。之后他理解了,鼓着眼睛从椅子上惊跳起来。头发蒙得直向后退,在血迹上滑了一下,但他站住了。

"现在他将中风而死。"蒙塔巴诺担心地想到。

"看在上帝的分儿上,您说什么呢!"神父吃力地说。

"我只是说了事实。"

"但是找雅皮基努的是警察、宪兵和特工处!"

"通常要逮捕他的人不会将他割喉杀死的。"

"新黑手党呢?古法罗家族呢?"

"神父,您只是不愿相信无论我还是您都被那老奸巨猾的巴尔杜乔·西纳戈拉耍了。"

"但您有什么证据……"

"请您回来坐下。您想喝点儿水吗?"

克鲁切拉神父点头表示同意。蒙塔巴诺拿了一个装满水的壶,水还很清凉,他把壶递给神父,神父立刻把嘴唇凑了上去。

"证据我没有,我相信我们也永远不会有的。"

"那么?"

"您先回答我。雅皮基努不是独自在这儿的。他有一个保镖晚上就睡在他身旁,对吧?"

"对。"

"他叫什么,您知道吗?"

"罗洛·斯巴达罗。"

"他是雅皮基努的朋友还是巴尔杜乔信任的人?"

"是巴尔杜乔先生的人。是他这样安排的。雅皮基努甚至都不喜欢这个罗洛,但他跟我说有罗洛在身边他觉得安全。"

"太安全了以至罗洛可以毫不费力地杀了他。"

"但您怎么会这么想呢!也许他们在对雅皮基努下手之前就先对罗洛割喉了呢!"

"上面的房间里罗洛的尸体也没有。这间屋子也没有。"

"也许在外面,在房子附近!"

"当然,我们可以找,但这是徒劳无益的。您忘了我和我的人已经包围了房子,并且已经仔细看过这附近的地方了。我们并没有发现被杀害的罗洛。"

克鲁切拉神父拧着双手,汗从脸上滴落下来。

"但为什么巴尔杜乔先生要制造这样一幕呢?"

"他想要我们作为证人。在您看来,我一旦发现谋杀,会做什么?"

"嗯……您通常做的事情呗。通知法医实验室、检察官……"

"这样他就能扮演绝望的祖父的形象,去哭喊是新黑手党的人杀了他疼爱的孙子,他那么疼爱他的孙子,以至于他更希望看他进监狱,而且他还成功地说服了他向我投降,而且您,一位神父,也在场……我已经跟您说了,他把我们耍了。但只到目前为止。因为我再过五分钟就要离开了,这里会像我从没有来过一样。巴尔杜乔还会设计一些别的事情的。但,如果您看见他,请您给他一个建议:他最好秘密地埋葬了他的孙子,不要大张旗鼓。"

"但您……您怎么会得出这些结论呢?"

"雅皮基努是个猎物。如果他不信任任何事任何人,您认为他会在一个他不了解的人面前转过身去吗？"

"不会。"

"雅皮基努的卡拉什尼科夫枪在他的床上。您认为他会不带武器到楼下撒尿，而且是当着某个他不完全信任的人的面吗？"

"不会。"

"您再告诉我一件事，您知道一旦雅皮基努被捕的话罗洛会如何做吗？"

"知道。他也应该不做反抗地被俘。"

"谁给他下的这个命令？"

"巴尔杜乔先生本人。"

"这是巴尔杜乔跟您说的版本。而他跟罗洛讲的完全是另一码事。"

克鲁切拉神父喉咙发干，他又把嘴唇凑到水壶边。

"为什么巴尔杜乔先生想要他孙子死呢？"

"说真的，我不知道。也许他把事情搞砸了，也许他不承认祖父的权威。您也知道，继位之战不只会发生在国王或是工业巨头们当中……"

他站了起来。

"我要走了。我开车送您吗？"

"不了，谢谢，"神父回答道，"我想再待一会儿做祈祷。我很爱他。"

"您随便吧。"

在门口警长转过身来。

"我要谢谢您。"

"谢什么?"神父害怕地说道。

"在您对可能杀害雅皮基努的凶手做的所有推测中,您没有提到保镖的名字。您本可以跟我说是罗洛·斯巴达罗把自己出卖给了新黑手党。但您知道罗洛从没有过,以后也绝不会背叛巴尔杜乔·西纳戈拉的。您的缄默就是对我直觉的最好的证实。啊,最后一件事,您出来的时候,记得关灯,锁好门。我不想某只野狗……您明白吧?"

他出去了。夜完全深了。在走到小汽车之前,他跌跌撞撞地走过了满是石头和坑洞的路面。他又想起了戈利弗夫妇曾走过的那条克鲁契斯之路,杀他们的人在后面踢着他们,边骂边赶着他们奔赴他们的死亡之地。

"阿门!"他感到揪心地说道。

在回维加塔的途中,他渐渐确信巴尔杜乔会按照他通过神父传达的建议去做的。雅皮基努的尸体会终结于某个悬崖峭壁之下。不,祖父知道他的孙子是多么的虔诚。他会将其匿名埋葬于某处圣地的。在别人的棺材里。


跨进警局的大门,他就感到一种异乎寻常的安静。尽管他跟他们说了等他回来,可他们都已经走了?然而,他们在。米密、法齐奥、加洛,每个人都坐在位子上,脸上好像战败之后的沮丧。他把他们叫到办公室。

"我想跟你们说一件事。法齐奥一定已经跟你们讲了我和巴尔杜乔·西纳戈拉之间发生的事。好吧,你们相信我吗?你们必须相信我,因为我从没跟你们说过瞎话。从一开始我就明白,巴尔杜乔借在狱中更安全为由请求我逮捕雅皮基努是毫无意义的。"

"那你为什么还考虑这件事？"阿乌杰罗不解地问道。

"想看看他到底搞什么鬼。如果我能弄明白的话，想阻挠他的计划实现。我弄明白了，我也采取了正确的对抗手段。"

"什么手段？"这次是法齐奥问道。

"不让发现雅皮基努尸体的事变成我们官方的行为。那才是巴尔杜乔想要的事情，他想要我们发现尸体，与此同时为他提供一个不在场证明。因为我本应该向公诉人表明巴尔杜乔的意图是想让我们活捉雅皮基努的。"

"在法齐奥跟我们解释了整件事情之后，"米密继续说道"我们也得出了和你一样的结论，就是巴尔杜乔让人杀了他孙子。但是为什么？"

"目前还不清楚。但有些事迟早会浮出水面的。对我们大家来说这件事就到此为止了。"

门被猛地撞向墙壁，力道之大，连窗玻璃都震颤了。所有人都跳起来。不出所料是卡塔莱拉。

"啊，头儿，头儿！契科·德·契科刚给我打了电话！他有发现了！搞定了！我把号码写在这块儿纸上了。契科·德·契科让我重复了四遍！"

他把半张笔记本的方格纸放在了警长的写字台上，说道：

"我为撞门请求您的原谅。"

他走出去。重新关门时还是如此用力，门把手旁边漆层的裂缝又变宽了一点点。

蒙塔巴诺读了车牌号码，看了看法齐奥。

"你手头上有乃奈·桑菲利普的汽车号码吗?"

"哪辆车的?朋多还是杜埃托?"

阿乌杰罗竖起耳朵。

"朋多的。"

"那辆我记住了,BA927GG。"

没说话,警长把那张纸递给米密。

"对上了。"米密说道,"但这意味着什么?你可以解释一下吗?"

蒙塔巴诺做了解释,他跟他们讲述了他是如何知道了邮折的事和存在里面的钱的事,以及他是如何按照米密本人向他建议的去看了那次廷达里郊游的照片,并发现了大巴车后面紧贴着一辆朋多,还有他是怎样把照片送到蒙特路撒的法医实验室将它放大的。在整个讲解过程中,阿乌杰罗都保持着一副怀疑的表情。

"你已经知道了。"他说道。

"什么?"

"跟在大巴后面的车是桑菲利普的车。你在卡塔莱拉给你那张纸之前就知道了。"

"是的。"警长承认道。

"是谁跟你说的?"

"一棵树,一棵撒拉逊橄榄树。"这应该是正确的答案,但蒙塔巴诺还缺乏勇气。

"我直觉出的。"他说道。

阿乌杰罗宁愿不再讨论此事。

"这就意味着，"他说，"在戈利弗夫妇的谋杀和桑菲利普的谋杀之间有紧密的联系。"

"我们还不能这么说，"警长反对道，"我们只有一件确定的事，桑菲利普的车跟踪了戈利弗夫妇所在的大巴车。"

"贝巴也说过他经常转身向后面看路。很显然他想要确定桑菲利普的车是否一直在他们后面。"

"对。这让我们明白了在桑菲利普和戈利弗夫妇之间是有联系。但我们要停在这儿。可能是桑菲利普在回程中在到达维加塔之前的最后一次停靠时让戈利弗夫妇上了他的车。"

"你记得贝巴说过正是阿尔丰索·戈利弗要求司机做了额外的那次停靠吧。这说明他们事前就计划好了。"

"对啊。但这也不能让我们得出结论说就是桑菲利普本人杀了戈利弗夫妇，以及他由于戈利弗夫妇的被害也被枪杀了。不忠的假设还是成立的。"

"你什么时候见因格力特？"

"明天晚上。但是你，明天早上，试着收集一些有关埃乌杰尼奥·伊尼阿齐奥·因格洛医生，那个做器官移植的人的信息。我对那些印在报纸上的事情不感兴趣，而是别的事，那些人私底下说的事情。"

"有一个人，在蒙特路撒，是我的朋友，而且很了解他。我找个借口去拜访他一下。"

"米密，我叮嘱你，要圆通。应该没有任何人会想到我们会对医生和他珍爱的妻子瓦尼亚·提图莱斯古感兴趣。"

米密被冒犯到了，拉长着脸。

"你当我是傻子啊?"

一打开冰箱,他就看见了。

西西里烩茄子!香味四溢,色彩鲜艳,量多丰富,装满了一整个汤盘,至少够四人吃的份儿。他的管家阿黛莉娜有数个月没给他做这个吃了。在塑料袋里的面包还很新鲜,是早上买的。他嘴上很自然、自发地哼起《阿依达》里凯旋进行曲的音调。边哼着,他点亮阳台的灯打开落地窗。是的,夜里很凉,但还可以允许他在户外吃饭。他摆好小桌,拿出盘子、红酒、面包,坐下来。电话响了。他用一张餐巾纸盖住盘子,去接电话。

"喂?蒙塔巴诺警长?我是奥拉齐奥·古塔达乌罗。"

他正期待着这通电话,他已经暗自打了赌。

"您请说,律师。"

"首先,我请您接受我的歉意,被迫这个时间给您打电话。"

"被迫?被谁所迫?"

"被环境所迫,警长。"

那律师,真是狡猾。

"这环境是什么?"

"我的客户兼朋友很担心。"

他不想在电话里说出巴尔杜乔·西纳戈拉的名字,因为现在这中间牵涉进来一具新鲜的死尸。

"啊,是吗?为什么?"

"嗯……他从昨天开始就没有他孙子的消息了。"

从昨天?巴尔杜乔·西纳戈拉开始遮掩自己了。

"哪个孙子？流亡者？"

"流亡者？"古塔达乌罗律师真的很迷惑地重复道。

"不必这么较真，律师。现如今流亡者和逃犯是一个意思。至少他们让我们这样认为。"

"是，是那个。"律师仍然茫然地说道。

"但如果他孙子是逃犯的话他怎么会有他消息呢？"

要以赖治赖。

"嗯……您知道是怎么回事的，共同的朋友，路过的人……"

"我明白了。那跟我有什么关系呢？"

"什么关系都没有。"古塔达乌罗赶忙说明。他一字一句地又重复了一遍：

"您绝对一点儿关系都没有。"

信息传达到了。巴尔杜乔·西纳戈拉正让他知道他已经接受了克鲁切拉神父传达给他的建议：雅皮基努的被杀不再提及。要不是有那些他杀死的人，雅皮基努根本就没出生过。

"律师，为什么您觉得有必要通知我您的朋友兼客户的担心呢？"

"啊，是为了告诉您，尽管有着痛苦的担忧，我的客户兼朋友还是想着您呢。"

"想着我？"蒙塔巴诺警惕起来。

"是的。他让我给您送一个信封。他说里面有一样会让您感兴趣的东西。"

"您听着，律师。我要去睡觉了，我今天很累。"

"我非常理解您。"

该死的律师在嘲讽他。

"信封您明天早上给我拿到警局吧。晚安。"

他挂上电话。回到阳台,他重新想了想,又进到屋里,拿起电话,拨了号码。

"利维亚,亲爱的,你怎么样?"

电话线另一头只有沉默。

"利维亚?"

"天哪,萨尔沃,发生什么事了?为什么给我打电话?"

"为什么我不应该给你打电话?"

"因为你只在有什么烦恼时才打电话。"

"噢,别这样!"

"不,不,是这样的。如果你没有烦恼的话,总是我先给你打电话。"

"好吧,你说得对,对不起。"

"你想跟我说什么?"

"我思考了很长时间我们的关系。"

蒙塔巴诺清楚地听出她在屏住呼吸。她不讲话。蒙塔巴诺继续说道:

"我意识到我们经常特别愿意争吵。就像一对结婚多年的夫妇,承受着共同生活的压力。可妙就妙在我们并没生活在一起。"

"你继续说。"利维亚气若游丝地说道。

"那么我就自问,为什么我们不从头开始呢?"

"我不明白。什么意思?"

"利维亚,你觉得我们订婚怎么样?"

"我们不是已经订了吗?"

"不,我们是结婚了。"

"好吧。那怎么开始呢?"

"这样,利维亚,我爱你。你呢?"

"我也是。晚安,亲爱的。"

"晚安。"

他挂上电话。现在他可以饱餐一顿西西里烩茄子而不用担心再有别的电话了。

## 十四　遗产

七点钟时他醒了,是一夜无梦的沉沉睡眠,因此他发现睁开眼时他仍然保持着和躺下睡觉时同样的姿势。那天早晨并不风和日丽,散布的云彩好像绵羊们在等待着被赶成群,但可以清楚地看出这天气不会让人爆发坏情绪。他穿上一条破旧的裤子,从阳台走下来,赤着脚,沿着海滩去散散步。凉爽的空气清洁着他的皮肤、肺和思绪。他回到屋里,刮了胡子,开始冲凉。

在每一次调查过程中,总是会有那么一天,甚至是某天的一个确定的时刻,他会感到身体说不出的舒适,在思绪的相互作用中有一种幸福的轻松感,肌肉和谐相连,让他确信自己都可以紧闭双眼在街上走路,不会绊脚或是撞上某样东西或某个人。就像有时会发生在梦境中的那样。这不会持续很长时间,但已经足够了。现在他从经验中获知,就像海上航道拐弯处的浮标指示着即将到来的转向一样,从那一刻之后,谜题的每一部分,也就是调查,都会自动地走入正确的位置上,无须费力,几乎只需要想见它这样就行了。这就是发生在站在淋浴下的他身上的事,尽管还有很多事,事实上是大部分事还都不明朗呢。

八点一刻他开车到了办公室前面,减速准备停车,可随后他想了想，就继续开向加富尔大街了。门房太太厌恶地看了他一眼，甚至都没跟他打招呼：她刚刚擦洗完入口的地面，警长的鞋又全给弄脏了。大卫·戈利弗看上去不那么苍白了，他恢复了一点儿。看见蒙塔巴诺他不显得惊讶，还立刻给了他一杯刚刚泡好的咖啡。

"您什么都没找到吗？"

"什么都没有。"戈利弗说道，"我各处都看了。没有邮折，没有任何字条什么的来解释给爸爸的那每月两百万。"

"戈利弗先生，我需要您帮我回忆一下。"

"听您吩咐。"

"我好像记得您跟我说过您父亲没有什么近亲。"

"是的。他有一个兄弟，我忘了叫什么名字了，但他在一九四三年的美军轰炸中就死了。"

"而您母亲却有。"

"对，一个弟弟和一个妹妹。弟弟，舅舅马里奥，住在科米佐，他有一个儿子在悉尼工作。您记得我们聊过吧？您还问我是否……"

"我记得。"警长打断他。

"妹妹，姨妈茱莉亚娜，以前住在特拉帕尼，在那儿做小学老师。她一直是单身，从没想过结婚。但是我妈妈和马里奥舅舅都不常跟她往来。尽管她和妈妈近年来走得近了点儿，她死之前两天妈妈和爸爸还去看过她。他们就在特拉帕尼待了一星期。"

"您知道为什么您母亲和她弟弟跟这个茱莉亚娜不和吗？"

"外祖父和外祖母临死时，几乎把他们拥有的少量财产全部留给了这个女儿,实际上剥夺了另外两个人的继承权。"

"您母亲从没跟您说过原因是……"

"她对我暗示了一些事。好像是外祖父母感到被妈妈和马里奥舅舅抛弃了。但,您看,妈妈很年轻就嫁人了,舅舅不到十六岁时就离家去工作了。和父母在一起的只有茱莉亚娜姨妈。外祖父母一死,是外祖母先死的,茱莉亚娜姨妈就卖掉了她在这儿的一切,迁居到了特拉帕尼。"

"她什么时候死的?"

"确切的我说不出来。至少有两年了。"

"您知道她在特拉帕尼住在哪儿吗?"

"不知道。在这家里我找不到任何跟茱莉亚娜姨妈有关的东西。但我知道特拉帕尼的房子是她的,是她买的。"

"最后一件事,您母亲在娘家的名字。"

"迪·斯戴法诺。玛尔盖丽达·迪·斯戴法诺。"

大卫·戈利弗身上有一件好事:他答的多,问的少了。

一个月两百万。差不多是一个走到职业生涯尽头的小职员挣的钱数。但阿尔丰索·戈利弗已经退休多年了,靠退休金生活,靠他自己和他妻子的退休金生活。或者,更准确地说,他日子还过得去是因为两年以来他接受了一笔可观的资助。一个月两百万。从另一方面看,这是一个低得可笑的数字。比如,如果这是一次有预谋的敲诈的话。还有,不管阿尔丰索·戈利弗出于怯懦或是缺乏想法而有多么地依赖钱,他都绝没想到过这会是敲诈。他对此应该毫无疑虑。一个月两百万。只是作为一个他最先设想出的挂名人吗？但通常，挂名人是一次性被支付所有报酬的或者是参与分红，肯定不是按月付款的。一个月两百万。在某种意义上，数目不多让事情很麻烦。但是，存款得如此规律就指明了一些事。一个想法，警长开始有了一个想法。有一种巧合激起了他的好奇心。

他到了市政厅前面，上楼到户籍登记办公室。他认识那儿的工作人员克里沙夫里。

"我需要一个信息。"

"您说，警长。"

"如果一个人出生在维加塔，死在另一个城镇，那么他的死讯会通知这里吗？"

"有对这方面情况的规定。"克里沙夫里先生推诿地回答道。

"会遵守吗？"

"通常会。但，您看，这需要时间的。您知道这些事情都是怎么进行的。但我要告诉您如果死亡是发生在国外的话，就别提了。除非有某个家庭成员本人去操心……"

"不，我感兴趣的人死在特拉帕尼。"

"什么时候？"

"两年多前。"

"他叫什么？"

"茱莉亚娜·迪·斯戴法诺。"

"我们马上来看看。"

克里沙夫里先生把手放在高高的立在房间一角的电脑上，

然后抬眼看蒙塔巴诺。

"结果显示为她于一九九七年五月六日死在特拉帕尼。"

"有写她曾住在哪里吗?"

"没有。但如果您想要,过五分钟我就能告诉您。"

这时克里沙夫里先生做了一件奇怪的事情。他去办公桌那儿,打开了一个抽屉,拽出一个小的金属酒瓶,拧开盖子,喝了一口,重新拧上盖子,把瓶子留在了外面。然后他又回去摆弄电脑。看见小桌上的烟灰缸里满是烟头,烟味已经弥漫整个房间了,警长也就点上一根烟。他刚抽完,那办事员就有气无力地说道:

"我找到了。她住在自由路12号。"

他不舒服吗?蒙塔巴诺想要问他,但没来得及,克里沙夫里先生就又跑着回到他的办公桌旁,抓起酒瓶喝了一口。

"是干邑白兰地,"他解释道,"我两个月后就退休了。"

警长疑问地看着他,不理解这其中有什么关系。

"我是个老派职员,"对方说道,"以前需要数个月查找的记录,现在每当要很快速地完成时,我就晕头转向。"

为了到特拉帕尼的自由路,他花费了两个半小时。12号是一栋三层小楼,周围环绕着一个照料得很好的小花园。大卫·戈利弗跟他讲了茱莉亚娜姨妈住的公寓是她买的。但也许,在她死后,房子又被转卖给了她根本不认识的人,收入几乎一定是进入了某些慈善机构。在紧闭着的入户门旁边有一个内部通话设备,上面只有三个名字。公寓应该相当大。他按了最上面那个写着

"卡瓦拉罗"的按钮。一个女人的声音回答道：

"什么事？"

"太太，对不起。我需要打听一下有关已故的茱莉亚娜·迪·斯戴法诺小姐的信息。"

"您按二楼那户，中间的那个。"

中间按钮旁边的纸条上写着"巴埃里"。

"耶稣啊，真催人啊！谁啊？"又一个女人的声音说道。这次是个上了岁数的，此时的警长都已经放弃希望了，因为他按了三遍都无人应答。

"我叫蒙塔巴诺。"

"您想干什么？"

"我想问您一些关于茱莉亚娜·迪·斯戴法诺小姐的事情。"

"您问吧。"

"就这样，在通话机上？"

"怎么了，要很长时间吗？"

"嗯，最好是……"

"好，我开门。"老人的声音说道，"您按我说的做。门一开开，您就进来，然后停在小路的中间。如果您不这么做，我就不给您开前门。"

"好吧。"警长顺从地说道。

他停在小路中间，不知道该做什么。之后他看见一个阳台上的百叶窗打开了，出现了一位戴假发、一身黑色的老妇人，手里拿着一个双筒望远镜。她把它放在眼睛上，仔细地观察，这时的蒙塔巴诺莫名其妙地脸红了，他觉得自己好像是赤裸裸的。老妇人进去了，重新关上百叶窗，不一会儿，警长听到前门被打开时金属的咔嗒声。在二层，写着"巴埃里"名字的门还关着。还有什么考验在等着他？

"您说您叫什么？"门那边的声音问道。

"蒙塔巴诺。"

"您是做什么职业的？"

如果他说他是个警长，那老太太搞不好要中风了。

"我是部里的一个职员。"

"您有证件吗？"

"有。"

"您把它放在门底下。"

秉持着圣人的耐心，警长照做了。

五分钟鸦雀无声。

"现在我开门。"老妇人说道。

直到那时，警长才惊恐地注意到门上有四把锁。当然里面还有挂锁和链锁。经过十来分钟各种嘈杂声之后，门开了，蒙塔巴诺这才可以进入巴埃里家。他被带进一间宽敞的客厅，家具都是深色笨重的样子。

"我叫阿松达·巴埃里，"老太太开始说起来，"从证件上看您是警察局的。"

"完全正确。"

"我可不喜欢。"巴埃里太太（或小姐？）嘲讽地说道。

蒙塔巴诺不作声。

"小偷和杀人犯们为所欲为，而警察却以维持秩序为借口，去足球场看球赛！要不然就去做阿尔多利议员的护卫，那家伙根本就不需要护卫，只要看一眼他的脸就足以被吓死了！"

"太太，我……"

"小姐。"

"巴埃里小姐，我来打扰您是想谈谈茱莉亚娜·迪·斯戴法诺小姐的事情。这间公寓是她的？"

"是的。"

"您是从她那儿买的？"

瞧他脱口而出了什么话啊！他纠正道：

"……从那位已故者那儿？"

"我什么都没买！那位已故者，就像您称呼的那样，在遗嘱中清清楚楚、明明白白地留给我的！我跟她住在一起三十二年。我还付她租金。虽然很少，但我付了。"

"她还留下别的了吗？"

"看来您不是警察局的，而是税务局的！是的，她还给我留下了另外一套公寓，但很小很小。我把它租出去了。"

"别人呢？她给别人留下什么了吗？"

"什么别人？"

"嗯，据我所知，一些亲戚……"

"给她姐姐，那个多少年都不说话后来才和好的姐姐留下了些小东西。"

"您知道这小东西是什么吗？"

"我当然知道了！她把遗嘱就摆在我面前，我还有副本呢。她给她姐姐留下了一个马厩和一个身位。不多，只是为了留念。"

蒙塔巴诺犯了糊涂。可以把身体作为遗产留下吗？巴埃里小姐接下来的话澄清了误会。

"不，一点儿也不多。您知道一个身位的地是多少平方米吗？"

"说真的，不知道。"警长重新镇定下来说道。

"茱莉亚娜，当她离开维加塔来这儿生活的时候，还不能卖马厩和它周围的地。所以在她立遗嘱的时候，她决定把它们留给她姐姐。它们不值什么钱。"

"您知道那马厩确切的位置吗？"

"不知道。"

"但在遗嘱里应该写明了。您跟我说了您有副本。"

"哦圣母啊！您想要我找它吗？"

"如果可能的话……"

老太太咕哝着站起身来，出了房间，不到一分钟就回来了。她非常清楚遗嘱的副本在哪儿。她粗鲁地把它递过去。蒙塔巴诺浏览了一下，最终找到了他要找的东西。

那马厩被称为"一间村舍"；测量出是一个边长四米的骰子形状。周围有一千平方米的地。很少的东西，正如巴埃里小姐说的那样。这建筑位于一个叫"桑树"的地方。

"谢谢您，请您原谅我的讨扰。"警长站起来礼貌地说道。

"您为什么对那个马厩感兴趣呢？"老太太也站起来问道。

蒙塔巴诺犹豫了一下，他得找一个好借口。但巴埃里小姐却继续说道：

"我问您这事是因为您是第二个问关于马厩事情的人了。"

警长坐下来，巴埃里小姐也坐了下来。

"那是什么时候的事？"

"在可怜的茱莉亚娜的葬礼第二天，那时她姐姐及其丈夫还在这儿。他们就睡在尽头的那个房间里。"

"您跟我讲讲是怎么回事。"

"我已经完全忘了，我现在又想起来是因为我们谈到这儿了。就是，葬礼的第二天，快到吃饭时间时，电话响了，我去接。是一个男人，他跟我说他对马厩和那块地感兴趣。我问他是否知道可怜的茱莉亚娜已经死了，他说不知道。他问我可以和谁谈这件事。于是我就把电话给了玛尔盖丽达的丈夫，因为他妻子是继承人嘛。"

"您听到他们说的话了吗？"

"没有，我从屋里出去了。"

"打电话的人说他叫什么了吗？"

"也许说了。但我不记得了。"

"之后，在您面前，阿尔丰索先生跟他妻子说过电话的事吗？"

"当我进厨房的时候，玛尔盖丽达问他跟谁通话，他回答说是一个维加塔的人，和他们住在同一栋楼。他没再说别的。"

正中靶心！蒙塔巴诺跳起来。

"我得走了，谢谢，请原谅我。"他边朝门口走去边说。

"您能解答我一件好奇的事吗？"巴埃里小姐紧跟在他后面说道，"但是为什么这些事您不去问阿尔丰索呢？"

"哪个阿尔丰索？"已经开了门的蒙塔巴诺说道。

"怎么，哪个阿尔丰索？玛尔盖丽达的丈夫啊。"

耶稣啊！她一点儿也不知道凶杀的事啊！她肯定没有电视，也不看报纸。

"我会问他的。"警长向她保证着，已经走下楼梯了。

在他看见的第一个电话亭旁，他停住了，下了车，走了进去，他注意到有一个小红灯在闪。电话不好使。他又看见另一个，但这个也坏了。

他骂着，明白了直到那一刻他一直顺利进行的事开始被一些小障碍阻断了，这预示着还会有更大的障碍出现。在第三个电话亭，警长终于可以打出电话了。

"啊头儿，头儿！您跑哪儿去了？一整个上午我都……"

"卡塔莱，稍后你再跟我讲。你能告诉我'桑树'在什么地方吗？"

先是安静，之后一阵咯咯笑好像是在嘲讽。

"头儿，我怎么知道？您还不知道维加塔是什么样吗？到处都是小人国。"

"马上给我接法齐奥。"

小人国？在移民中有这么多小矮人吗？

"您说吧，头儿。"

"法齐奥，你能告诉我一个叫桑树的地方在哪儿吗？"

"马上，头儿。"

法齐奥启动了他的电脑。在里面别的东西不说，倒是存有维加塔详细的地图。

"头儿,在蒙特赛拉图附近。"

"给我讲讲怎么能到那儿。"

法齐奥给他讲解了。然后说道:

"对不起,但卡塔莱拉坚持要跟您说。您从哪儿打的电话?"

"从特拉帕尼。"

"您在特拉帕尼干什么?"

"以后再告诉你。给我换卡塔莱拉吧。"

"喂,头儿?我想说今天上午……"

"卡塔莱拉,谁是小矮人?"

"来自小人国的非洲人,头儿。该怎么说?侏儒?"

他挂了电话,重新上路,到一个大的五金店前面停下了。是自选商店。他买了一根撬棍、一把钳子、一个锤子和一个切割金属用的钢锯。当付账的时候,收银员,一个皮肤黝黑的可爱女孩冲他微笑着。

"好好干一票。"她说。

他不想回答。他走出去,回到车里。过了一会儿他想起看一下表。几乎两点了,他已经是饿狼附身了。在一家小饭馆前面的招牌上写着"波旁家",有几辆大卡车停在那儿。因此这家吃的应该不错。在他心里,天使和恶魔之间进行了一场短暂却凶残的斗争。天使获胜了。他继续往维加塔开。

"连一块三明治也不吃吗?"他听见恶魔以哀怨的声音问他。

"不吃。"

蒙特赛拉图是一条山脉的名字,它很高,分隔开了维加塔和蒙特路撒。它从海边开始，向内陆的田野延伸五六公里。在最后一个山脊上矗立着一座老旧的大农庄。那是个孤独的地方。它还保留在那儿，虽然在公共设施兴建热的时候，在人们苦心寻找一个地方可以作为修建道路、桥梁、立交桥或隧道的合理理由时，已经用一条柏油小路将它和维加塔—蒙特路撒省道连接了起来。关于蒙特赛拉图，几年前老校长布尔乔曾经跟他谈起过。他说在一九四四年他和一位美国朋友，一个很快让他有了好感的记者，一起去过蒙特赛拉图郊游。他们数个小时都行走于田间，之后开始爬山，时不时休息一下。当他们到了能看见农庄的地方时，发现它周围环绕着高高的围墙，两只狗让他们停住了脚步，校长和美国人都从未曾见过这种狗。它的身体像灵缇，但尾巴特别短，卷卷的像猪尾巴，有着长长的猎犬耳朵，目光凶悍。狗真的让他们动弹不得，只要稍一挪动它们就低声吠叫。之后终于有一个农庄的人骑着马过来陪着他们一起走。农庄的人带着他们参观了一座古老的修道院的遗址。在那里校长和美国人看见在一面潮湿变质的墙壁上，有一幅杰出的壁画，基督诞生图。还可以读出日期：一四一〇年。上面还画了三只狗，跟刚到时把他们困住的狗一模一样。校长在很多年之后柏油路修好时，想回去看看。修道院的遗迹已经不在了，在它的位置上是一个巨大的车库。带壁画的墙也被推倒了。在车库周围还有彩色的灰泥墙的碎块儿。

他找到法齐奥让他找的小教堂，距它十米远的地方展开了一条下山的土路。

"那路很陡，您多加小心。"法齐奥告诉他。

岂止是陡啊！根本就是竖直的。蒙塔巴诺慢慢地往前开。当开到一半的时候，他停下了，下了车，从路边往下看。展现在他眼前的景色，根据审视它的人的眼光不同，可以说是恐怖的，也可以是非常美丽的。没有树，没有其他的房子，除了一百米下面一个看得见的屋顶。土地没有耕种，自生自灭，却繁育出了一片特别多样的野生植物，以至于那小房子完全被湮没在了高高的草丛中，只有屋顶很明显是不久前重新修缮的，瓦片上干干净净。令蒙塔巴诺震惊的是，他看见电线和电话线从远处看不清的一个点拉了出来，直连到那以前的马厩里面。在从古至今似乎一直没变过的风景当中，它们显得格格不入。

## 十五　桑树马厩

在土路的某一点，在左手边，可以看到曾经有小汽车在高高的草丛来来回回经过而开辟出的一条小径。这条小径径直通向以前的马厩门前，门也是新近用结实的木头重做的，装了两把锁。除此之外，还有一条那种用来锁摩托车的链子穿在两个锁眼儿中间，上面挂着一把大挂锁。在门旁边是一扇极小的窗户，就连一个五岁的小孩都爬不进去，上面安了铁栅栏。透过铁栅栏可以看到涂成黑色的玻璃，这既是为了防止偶然路过的人往里看，也是为了夜里不让光线透出去。

蒙塔巴诺有两条路可走：要么回维加塔请求增援，要么开始破坏，然后进入，尽管他相信这既耗时又费力气。自然，他选择了后者。脱掉上衣，他抓起他在特拉帕尼幸运买到的小钢锯，开始在链子上干起来。十五分钟后，他的胳膊开始疼了。半个小时后，疼痛扩展到半个胸。一个小时后，借助用作杠杆的撬棍的力量以及钳子，链条被弄断了。他浑身被流出的汗水湿透了。于是他脱掉衬衣，铺在草上，希望它能晾干一点儿。他坐回车里休息，连一根烟也不想抽。当他觉得休息够了，他就用他一直带在身上的那串撬锁工具在两把锁中的第一把上大干了起来。瞎忙活了半个小时之后，他确信这样做无济于事。在第二把锁上他也毫无结果。随后他有了个主意，一个起初在他看来很天才的主意。他打开汽车仪表盘上的小柜，拿出手枪，上了子弹，瞄准，向更高的那把锁开了枪。子弹击中了目标，从金属上弹起来，轻轻地掠过蒙塔巴诺几年前受过伤的那边胯骨。他所取得的唯一效果就是把钥匙孔弄变形了。他边骂着，边把手枪放回原来的位置。但是怎么在美国电影里警察们总是能用这种方法打开门呢？因为惊慌，他又出了一身汗。他脱了背心，把它铺在衬衣的旁边。拿起锤子和凿子，他又开始在他开过枪的那把锁周围的木头门上干起来。在差不多一个小时后，他觉得他已经掘进够了。好好地用肩膀猛推一下就一定能把门打开了。他退后三步，起跑，用肩膀撞向门。但门没动。贯穿他整个肩膀和胸的疼痛如此剧烈，以致眼泪都涌了出来。为什么那该死的东西还不开？简单，他忘了，在用肩膀撞门之前，他应该将第二把锁也弄成和第一把锁同样的状态。现在他那湿透了的裤子有点儿烦扰他。他把裤子也脱了，把它放在衬衣和背心的旁边。又过了一个小时，第二把锁也开始摇晃了。他的肩膀肿了，开始胀痛。他继续用锤子和撬棍干着。门依然坚挺，真令人难以理解。突然间他被无法抑制的狂怒击溃了，就像卡通片里的唐老鸭一样，他开始用脚踢、用拳头猛烈击打门，像疯子一样尖叫。他蹒跚地回到车里。他的左脚疼，于是他脱了鞋子，这时，他听到一个声响。自动地，完全像卡通片里的一样，门决定屈服了，向屋里瘫倒下去。蒙塔巴诺跑回房子那儿。这个以前的马厩，抹了灰泥，刷了大白，却完全空空荡荡。没有一件家具，哪怕是一张纸都没有。什么都没有，好像从来就没被用过，除了在墙基那儿有许多插座和电话接头。警长站在那儿凝视着这空空如也，无法相信自己的眼睛。天黑时，他才下定决心。他抬起那扇门，把它斜靠在门框上，收拢起他的背心、衬衣和裤子，把它们扔到车后座上，只穿上上衣，在打开车头灯后，他朝马里内拉的家的方向开去，希望沿路不会有任何人让他停下。一夜浪费了，还是生了个女儿。

他绕了个远路回家，但这省了穿过维加塔市区的麻烦。由于右肩膀剧烈的疼痛，他不得不开得慢点儿，肩膀胀得像个新鲜出炉的大面包。他把车停在家前面的停车区里，边呻吟着边收拢着衬衣、背心、裤子和鞋子，然后关掉车头灯，下了车。前门外的灯不亮了。他向前走了两步后突然停住了。就在门旁边有一个影子。有人正在等他。

"你是谁？"他生气地问道。

那影子不回答。警长又向前走了两步，认出是因格力特。她张着嘴怔怔地看着他，无法说出话来。

"我待会儿给你解释。"蒙塔巴诺不得不说道，一边在搭在胳膊上的裤子里找钥匙。因格力特稍稍平复了情绪，从他手上拿过鞋子。门终于开了。在灯光下，因格力特好奇地审视着他，问道："你和加州梦人一起表演了吗？"

"他们是谁啊？"

"男性脱衣舞者。"

警长什么也没说，脱掉了上衣。一看见他那肿起来的肩膀，因格力特没叫也不寻求任何解释了。她只是说道："你房里有什么搽剂吗？"

"没有。"

"给我你的车钥匙,你上床休息。"

"你要去哪儿?"

"肯定有药店还开着,你不觉得吗?"因格力特说着,把房门钥匙也抓起来。

蒙塔巴诺脱下衣服——他只需脱掉袜子和内裤就行了——钻到淋浴下。他左脚的大脚趾现在跟一个中等大小的梨子一般。一从淋浴出来,他就去看他放在床头柜上的表。他都不知道已经九点半了。他拨了警局的号码,一听到是卡塔莱拉,他就变了嗓音。

"哈啰?我是于洛先生。我找乌杰鲁先生。"

"您是法国人吗,先生?从法国打的?"

"是的。我找乌杰鲁先生,按你们的说法是阿乌杰罗。"

"他不在,法国先生。"

"谢谢。"

他拨了米密家的电话。电话响了很长时间,但没人接。万不得已时,他在电话本上看见了贝阿特里切的电话。她倒是马上就接了。

"我是蒙塔巴诺,贝阿特里切。请原谅我厚脸皮,但……"

"您想跟米密说话?"那尤物插嘴道,"我让他接。"

她一点儿也不尴尬。而另一方面,阿乌杰罗却立刻开始找各种借口。

"你知道,萨尔沃,我碰巧经过贝巴家……"

"我的天啊,米密,这没有任何问题。"蒙塔巴诺大度地承让道,"首先,让我为打扰你们而道歉。"

"可一点儿也不打扰!我做梦都想不到!我能为你做什么?"

中国人还能做出比这更好的承让吗?

"我想问你我们是否明天早上能在办公室见面,大约八点钟。我有了一个重要发现。"

"什么发现?"

"戈利弗夫妇和桑菲利普之间的联系。"

他听见米密像被人踢中了腹部一样吸气。然后米密结结巴巴地说:"你在哪儿?我立刻来见你。"

"我在我家。但因格力特在这儿。"

"哦。我告诉你,萨尔沃,无论如何都要向她榨取情报,哪怕像你刚说的,不忠的推论真的不再站得住脚了。"

"听着,不要告诉任何人我在哪儿。我现在把电话线断开。"

"我明白,我明白。"阿乌杰罗奉承地说道。

蒙塔巴诺一瘸一拐地走去床上躺下,用了十五分钟才找好一个恰当的姿势。他合上眼睛,又立刻睁开。他不是邀请因格力特去吃晚饭吗?现在他要怎样穿好衣服,站起来去餐馆呢?"餐馆"这个词立刻让他的胸口有一种空虚的感觉。自从上次他吃东西已经过去多长时间了?他起来到厨房。登上冰箱宝座的是满满一大盘子的糖醋鲤鱼。他放下心了,回到床上。正打盹时他听到了前门打开的声音。

"我就过来。"因格力特从饭厅里喊。

几分钟后她拿着一个小瓶、一个弹性绷带和一卷纱布过来了,把它们都放在了床头柜上。

"我要还我的债。"她说。

"什么债?"蒙塔巴诺问道。

"你不记得了?当我们第一次见的时候。我扭伤了脚踝,你带我到这儿,给我做按摩……"

现在他当然记起来了。她那时半裸着躺在床上,而安娜,一个爱上他的蒙特路撒女警闯了进来。那女孩想歪了,这让他的日子很难过。利维亚和因格力特见过吗?也许在医院里见过,他受伤那次……

在瑞典女人缓慢、持续的抚摸之下,他觉得眼皮沉了。他陷入了甜美的酣睡中。

"你精神一点儿。我现在得给你包扎……把你的胳膊抬起来……再向我这边转一点儿。"

他顺从着,唇边露出满足的微笑。

"我弄完了。"因格力特说道,"半小时之内你就会感觉好些了。"

"大脚趾头呢?"他嘴也不张地问道。

"你说什么呢?"

没讲话,警长把他的脚从床单底下伸出来。因格力特又开始干起来。


他睁开眼。从饭厅传来了一个男人轻柔的说话声。他看看表,十一点过了。他感觉好多了。因格力特叫医生了吗?他起来——只穿着内衣,肩膀、胸部和大脚趾都被包了起来——他要去探查一下。不是医生——事实上,也是医生,但那人在电视上，正在讲一些奇效减肥项目。瑞典女人坐在一把扶手椅里。看见他进来，她跳了起来。

"感觉好点儿了？"

"是的，谢谢。"

"我准备好饭了，要是你饿了的话。"

桌子已经摆好了。从冰箱里拿出来的鲤鱼让人垂涎欲滴。他俩坐下了。当他们切鱼时，蒙塔巴诺问道："为什么你不在马里内拉酒吧等我呢？"

"等一个多小时吗，萨尔沃？"

"你说得对，对不起。为什么你不开车来呢？"

"我没车。我把它送去修理了。一个朋友捎我到了酒吧。然后你没出现，我决定走走就来这儿了。我知道你迟早会回家的。"

在他们吃饭时，警长看着因格力特。她变得越来越美了。在她的嘴角边有一条小小的皱纹，让她看上去更成熟、更自知。多么特别的女人啊！她绝不会问他是怎么让肩膀受伤的。她享受着吃饭的过程；鲤鱼被仔细地分成份，每人三份。她津津有味地喝着酒，当蒙塔巴诺还在喝第一杯酒时，她已经是第三杯了。

"你想从我这儿得到什么？"

这个问题令警长困惑。

"我不明白。"

"萨尔沃，你打电话跟我说……"

录像带！他已经全忘了。

"我想给你看一些东西。但我们先吃完了再说。你要点儿水果吗？"

之后,因格力特坐在扶手椅上,他拿起了录像带。

"但我已经看过那部电影了!"她抗议道。

"我们不是在这儿看电影,而是看一些录在这上面的东西。"

他把带子放进去,打开录像,自己坐到另一张扶手椅上。然后,拿着遥控器,他让录像带快进,直到空床的镜头出现,摄影师正试图调整画面焦距。

"看上去是个令人期待的开始。"瑞典女人微笑着说道。

然后出现了黑屏。图像再次出现,这时乃奈·桑菲利普的情妇,以"裸体的玛哈"姿势躺在床上。一秒后因格力特站了起来,惊讶又慌乱。

"那是瓦尼亚!"她几乎大声叫起来。

蒙塔巴诺从没见过因格力特如此不安,从没,哪怕是那次她几乎被人陷害为一项犯罪行为的主犯时也没有。

"你知道她吗?"

"当然了。"

"你们是朋友?"

"相当好的朋友。"

蒙塔巴诺关掉录像。

"你怎么拿到带子的?"

"我们可以去别的屋子谈吗?我又有些疼了。"

他上了床。因格力特坐在床边。

"我这样不舒服。"警长抱怨道。

因格力特起身,把他拉起来,把枕头放在他的背后,以便他能半坐着。蒙塔巴诺开始享受有一个护士在身边的生活。

"你怎么有那带子?"因格力特又问道。

"我的副手在乃奈·桑菲利普的住所找到的。"

"他是谁?"因格力特皱着眉头问道。

"你不知道?他是几天前被谋杀的那个二十岁男孩。"

"对,我听有人提到这事。但为什么他有这带子?"

瑞典女人十分真挚。她好像真的被整件事惊住了。

"因为他是她的情夫。"

"什么?一个那样的男孩?"

"是的。她从没跟你谈起过?"

"从没。至少,她从没提过他的名字。瓦尼亚是很矜持的。"

"你们俩是怎么遇到的?"

"好吧,在蒙特路撒,嫁得好的外国女人只有我、两个英国太太、一个美国人、两个德国人和罗马尼亚人瓦尼亚。我们组成了一个俱乐部,就是好玩。你知道瓦尼亚的丈夫是谁吗?"

"知道,因格洛医生,器官移植外科医生。"

"好,从我能了解的事情来看,他不是一个很亲切的人。有一段时间,虽然瓦尼亚比他小至少二十岁,但她跟他在一起生活还是很幸福的。之后爱情褪色了,对他来说也是。他们互相开始见得越来越少,他经常全世界的跑。"

"她有情人吗?"

"我没听说过。不管怎样,她还是很忠诚的。"

"不管怎样是什么意思?"

"比方说,他们不会再有关系了。瓦尼亚是一个……"

"我了解。"

"然后,突然间,大约三个月前,她变了。她变得更兴奋,同时也更悲伤了。我意识到她恋爱了。所以我问了她,她说是。据我所知,那主要是一种巨大的肉体上的激情。"

"我想见见她。"

"谁?"

"谁是什么意思?你朋友,瓦尼亚啊。"

"但她十五天前走了!"

"你知道她在哪儿吗?"

"当然了。她在布加勒斯特附近的一个村庄。我有她的地址和电话号码。她给我写了几行字的便条。她说她不得不回罗马尼亚,因为她父亲在受到冷遇、失掉部长职位之后生病了。"

"你知道她什么时候回来吗?"

"不知道。"

"你很了解因格洛医生吗?"

"我可能最多见过他三次。一次是他来我家。他很优雅,但不友善。表面上他拥有着非凡的绘画收藏,但瓦尼亚说那是一种病,他的收藏癖。他在那上面花的钱多得令人难以置信。"

"听着,我想要你想好后再回答。如果他发现了瓦尼亚的不忠,他是一个能杀死或找人杀死瓦尼亚情人的人吗?"

因格力特大笑起来。

"你一定在开玩笑吧!他才不会在乎瓦尼亚呢!"

"但是你不觉得瓦尼亚的离开,正是因为她丈夫想要让她和她的情人分开吗?"

"是,那有可能。但如果他这么做,也只是为了避免有难听的闲言碎语。他不是那种会进一步采取措施的人。"

他们在沉默中互相看着。没有什么别的可说了。突然蒙塔巴诺脑中想到个事儿。

"你要是没有车,怎么回家啊?"

"叫一辆的士?"

"这个点儿?"

"那我就睡在这儿。"

蒙塔巴诺感到汗珠渗出了他的前额。

"那你丈夫呢?"

"不用担心他。"

"你看,要不这样吧。你就开我的车走吧。"

"那你呢?"

"我让人明天早上来接我就行了。"

因格力特安静地看着他。

"你把我看成是个发情的妓女吗?"她极其认真地问道,目光中有一种忧郁。

警长感到羞愧。

"你留下吧,我很高兴。"他真诚地说道。

就像一直住在这个家里一样,因格力特打开了衣柜的一个抽屉,拿出一件干净的衬衫。

"我可以穿这个吗?"

半夜里,睡得昏沉沉的蒙塔巴诺意识到身旁躺着一个女人的身体。只能是利维亚。他伸长手臂,把手放在那女人光滑、结实的半边屁股上。然后，突然间，电流击中他的全身。耶稣啊，不是利维亚。他猛地把手抽回来。

"你放上吧。"因格力特黏黏糊糊的声音说道。

"六点半了。咖啡煮好了。"因格力特轻柔地碰了碰他受了伤的肩膀说道。

警长睁开眼。因格力特只穿着他的衬衫。

"对不起这么早叫醒你。但是你睡觉前说你要八点钟到办公室。"

他起来。感觉不那么疼了，但紧紧的包扎物让他活动起来很费力。瑞典女人把它们拿掉了。

"你洗完澡后我再重新给你包。"

他们喝了咖啡。蒙塔巴诺不得不用左手，因为右手仍然很麻木。他得怎么洗澡呢？因格力特好像读懂他脑中想什么了。

"我有办法。"她说。

在浴室里，她帮警长脱掉内裤。她也脱下衬衫。蒙塔巴诺小心地避免看到她。因格力特却好像已经跟他结婚十几年了一样。

在淋浴下，她给他打香皂。蒙塔巴诺不作反应，他觉得这件事令他愉悦，好像回到了小时候，妈妈慈爱的手在他身上做同样的事情。

"我看到了明显的勃起的迹象。"因格力特笑着说道。

蒙塔巴诺向下看，脸红的厉害。那迹象可不只是明显。

"对不起，我感到羞耻。"

"为什么感到羞耻?"因格力特问道。"为是一个男人而羞耻?"

"你开冷水吧,会好点儿。"警长说道。

之后又是擦干身体的烦恼。当他穿上内裤的时候,他满意地叹了口气,好像是危险退去的标志。在重新包扎之前,因格力特先穿上了衣服。只有这样,警长才能更安心地转向她。从家里出来之前,他们又喝了一杯咖啡。因格力特坐到了驾驶座上。

"现在你把我放到警局,然后你就继续开我的车到蒙特路撒。"蒙塔巴诺说道。

"不,"因格力特说"我把你放到警局,然后打车。这比之后再把车还你更方便。"

走了一半路,他们俩谁都没说话。但有一个想法一直烦恼着警长,以至于某一刻他终于鼓起勇气问道:"昨晚我们俩之间发生什么了吗?"

因格力特笑了。

"你不记得了?"

"不记得。"

"对你来说记不记得很重要吗?"

"我得说是的。"

"好吧。你知道发生什么了吗?什么都没发生,如果你的顾虑希望它没发生的话。"

"那如果我没有这些顾虑呢?"

"那么就什么都发生了。怎样都行。"

一阵沉默。

"你觉得昨晚之后我们的关系改变了吗?"因格力特问道。

"绝对没有。"警长真诚地回答她。

"那么呢?为什么你要问这样的问题?"

她的推理合乎逻辑。蒙塔巴诺不再问别的了。当车停到警局前面时,她问:

"你想要瓦尼亚的电话号码吗?"

"当然了。"

"我上午会再给你打电话的。"

正当因格力特打开车门,帮助蒙塔巴诺下车时,米密·阿乌杰罗在警局门口出现了,他猛地停住了,对这个场面相当感兴趣。因格力特轻轻地亲吻了警长的嘴之后快速离开了。米密继续在后面看着她,直到再也看不见她。警长很费力地迈上人行道。

"我全身都疼。"他路过阿乌杰罗身边时说道。

"你看到你平时缺乏锻炼会发生什么事了吧?"阿乌杰罗带着得意的笑问道。

警长本应一拳打碎他的牙,但他担心这样会更加伤到他的胳膊。

## 十六　轨道之外

"这样，米密，你仔细听我说，但不要分散开车的注意力。我已经弄坏了一个肩膀，我不想另一个也受伤。特别是不要提问打断我，否则我就该断了思路了。你让我把所有事一并讲完。好吗？"

"好。"

"别问我是怎么发现这些事的。"

"好。"

"也不要问没用的细节，好吗？"

"好。在你开始之前，我能问一个问题吗？"

"只能问一个。"

"除了胳膊之外，你脑子也撞坏了吗？"

"你什么意思？"

"你问我'好吗'？这会把我逼疯的。你有强迫症吗？我说了我一切都OK，哪怕是对于我不知道的事也OK。这样行了吧？你开始说吧。"

"玛尔盖丽达·戈利弗太太以前有一个弟弟，还有一个妹妹茱莉亚娜，她曾住在特拉帕尼，是小学老师。"

"她死了吗？"

"你看见没？你看见没？"警长突然激动地说道，"你可答应过的！你还是问出了一个愚蠢的问题！她当然死了，我说了她'以前有'和'曾住在'的话！"

阿乌杰罗不敢出气。

"玛尔盖丽达从年轻时就不跟她妹妹讲话了，是为了一点儿遗产上的事。但是有一天两姐妹又重新联系了。当玛尔盖丽达得知茱莉亚娜快要死的时候，她和丈夫去找她了。他们住在茱莉亚娜家。和这个要死的人很长时间以来住在一起的还有一位朋友，巴埃里小姐。戈利弗夫妇在遗嘱中得知茱莉亚娜留给姐姐一个以前的马厩，还带着周围的一点儿地，就在维加塔一个叫'桑树'的地方，也就是我们现在要去的地方。这只是一种感情的信物，不值什么钱。在葬礼的第二天，戈利弗夫妇还在特拉帕尼的时候，一个人打电话来说他对那个马厩有兴趣。那个人不知道茱莉亚娜刚去世。于是巴埃里小姐就把电话递给了阿尔丰索·戈利弗。她这么做对，因为阿尔丰索的妻子成了新的所有人。两个人在电话里谈了。对电话的内容，阿尔丰索有所回避。他只对他妻子说了打电话来的是一个和他们住在同一栋楼里的人。"

"上帝啊！乃奈·桑菲利普！"米密喊出来，车子突然转向了。

"噢你好好开，不然我不再跟你讲了。马厩的主人就是住在楼上的邻居这件事在乃奈看来是一个绝妙的巧合。"

"等等。你确定这是巧合吗？"

"是的，是巧合。顺便说一下啊，如果我能容忍你提出的这个问题的话，那他们得是多聪明的人啊。是巧合。桑菲利普不知道茉莉亚娜已经死了,他没有必要装。他不知道那马厩已经转到戈利弗太太的名下,因为遗嘱并没有公开。"

"好吧。"

"几小时之后这两人见面了。"

"在维加塔?"

"不,在特拉帕尼。桑菲利普越少和戈利弗夫妇在维加塔见越好。我敢打赌桑菲利普跟老人讲述了他势不可挡而又危险的爱情故事……如果他被人发现,就会发生大屠杀……总之,那马厩他会把它改造成一个落脚处。但是有一些规则要遵守。继承税不能申报,如果被人发现的话,桑菲利普要付这笔钱;戈利弗夫妇不可以再进入他们的所有物了;从那以后,就算在维加塔碰见,也不要打招呼;不要和儿子谈起这件事。那么依赖钱的两个老人接受了这些条件,把第一笔两百万装进了腰包。"

"但是为什么桑菲利普需要一个这么偏僻的地方?"

"肯定不是想把它变成妓院。别的不说,那里没水,也没厕所。如果你想上厕所,得去外面上。"

"然后呢?"

"你自己会了解的。你看见那个小教堂了吗?到那儿之后在左手边有一条小路。你转弯,要非常慢地开,它全是坑坑洼洼的。"

门还倚靠在门框上,和前一晚他放的位置完全一样。没有人进来过。米密把它挪开,他们走进去,房间立刻显得更小了。

阿乌杰罗安静地向四周环视。

"他们彻底清理了。"他说。

"你看见那些插头了吗?"蒙塔巴诺说,"他通了电和电话,但没弄个厕所。这是他的办公室,在这儿他每天来做他职员的工作。"

"职员?"

"当然了。为某个第三方工作。"

"谁是这第三方?"

"那个让他找一个偏僻的地方,远离一切、远离所有人的人。你想要我做些假设吗?第一,是毒贩。第二,是恋童癖者。然后你可以顺着利用网络的那些怪人的顺序继续往下想。从这儿桑菲利普可以和全世界联系。他上网浏览、接触、交流,然后再向他的雇主汇报。事情安安静静地进展了两年。之后发生了某件严重的事。他需要离开这里,斩断所有联系,了无踪迹。在他的上级的指示下,桑菲利普说服戈利弗夫妇去了廷达里郊游。"

"但是目的是?"

"他可能跟那两个可怜的老人说了一些哄骗的话。比如那危险的丈夫发现了他的事,会把他俩也当作共犯杀了……他有了这样一个好主意:为什么不让他们去一趟廷达里郊游呢?被戴了绿帽子的疯狂的丈夫绝不会想到去大巴上找他们……只要远离家一天就行了,这期间一些朋友会介入其中,尝试让忌妒的丈夫平静下来的……他也会一同去郊游,只不过是自己开车去。两个吓坏了的老人就接受了。桑菲利普说会通过手机跟踪事态的发展。在到达维加塔之前,老人需要司机额外停车一下。这样桑菲利普会让他们了解当时的情况如何。一切都如事先定好的进行。只是到维加塔之前的停车时,桑菲利普才对两个老人说事情还完全没得到解决，最好是在外面过一夜。他让他们上了自己的车，然后把他们交给了后来行刑的人。那时他还不知道他自己也注定要被人干掉。"

"你还没跟我解释为什么需要把戈利弗夫妇弄走。他们甚至都不知道他们拥有的那份财产在哪儿！"

"应该是有人要进到他们家里，拿走有关这份财产的证明文件。例如，遗嘱的副本，茱莉亚娜给她姐姐写的一些信，上面写了想要用这份遗产让她姐姐记住她的话的纸页等这类东西。进去搜的人还找到了一个邮折，上面的钱数对两个可怜的退休者来说似乎太多了。他把它拿走了。但这是一个错误。这引起了我的怀疑。"

"萨尔沃，坦白说去廷达里郊游这件事不令我信服，至少像你重构的这样我不信。有什么必要？那些人找个借口就能进到戈利弗夫妇家，做他们想做的事！"

"是，但之后那些人要杀了他们，在那儿，在他家。这会引起桑菲利普的警惕，凶手肯定对他说的是他们根本不想杀人，只是适当地吓唬吓唬……再说你要考虑到他们为了各方利益都要让我们相信在戈利弗夫妇失踪和桑菲利普被杀之间没有联系。事实上，我们花了多长时间才弄明白这两件事是相互联系的？"

"也许你说的对。"

"没有也许，米密。之后，在借助桑菲利普把这儿清理干净之后，他们把那孩子带在了身边。也许他们找了个借口说要跟他谈重新建办公室的事儿。而同时他们去他的住所做了他们在戈利弗家做的同样的事。比方说，他们拿走了这儿的电费和电话费单子。实际上我们就没找到这些东西。他们让桑菲利普深夜回到家，然后……"

"有什么必要让他回来？他们可以在带他去的地方杀了他。"

"这样，在同一栋楼里，三个人神秘离奇地失踪？"

"的确。"

"桑菲利普回到家时几乎是早上了。他从车里下来，把钥匙插在大门上，这时正在等他的人叫他了。"

"现在我们该如何往下进行？"停顿一会儿后阿乌杰罗问道。

"我不知道。"蒙塔巴诺回答道，"我们可以离开这儿了。叫法医实验室的人来采集指纹是没有意义的。他们可能用碱液擦洗过这儿了，甚至连天花板都擦了。"

他俩上车开走了。

"你肯定有些虚构。"米密重新想了想警长构建的故事后评价道，"你退休后可以开始写小说。"

"我一定会写一些侦探小说的。但不太值得。"

"为什么这么说？"

"侦探小说被一些评论家和教授，或渴望成为评论家和教授的人认为是一种次要文体，事实上它们都不会出现在严肃的文学史中。"

"你他妈的在乎什么啊？你想进入文学史与但丁和曼佐尼比肩？"

"我会羞愧至死的。"

"那你写就行了。"

过了一会儿，阿乌杰罗又说起来。

"这么说我昨天一整天都浪费了。"

"为什么?"

"什么为什么?你忘了?我就一直在收集有关因格洛教授的信息,像我们定好的那样,当时我们认为桑菲利普是因为情事被杀的。"

"啊,对。嗯,你还是跟我说说吧。"

"他真的是一个世界性名人。在维加塔和卡尔塔尼塞塔之间他开了一家非常隐秘的诊所,去那儿的只有少数 VIP 客人。我到那儿从外面看了看。是一个有高高的围墙环绕的别墅,里面有一大片空地。你想想那儿停着直升飞机。有两个带武器的保镖。我向他们打听,听他们说别墅暂时关闭了。但因格洛医生实际上想在哪儿手术都行。"

"目前他在哪儿?"

"你知道一件事吗?我那个认识他的朋友说他回维加塔和桑多利之间的海边别墅隐居了。说他正经历一段难过的日子。"

"也许是因为他知道了妻子的背叛。"

"可能吧。这个朋友还跟我说两年多前医生也曾陷入危机,但后来又恢复正常了。"

"看来那次也是他可爱的配偶……"

"不,萨尔沃,他们说那次有更猛的原因。但并不确定,只是些风言风语。好像是他逞能要用一大笔钱买一幅画。但他没有那么多钱。他签了一些空头支票,于是面临被指控的危险。后来他弄到了钱,一切就又恢复正常了。"

"他把画保存在哪里?"

"在一个地下室里。家里悬挂的只是复制品。"

又一阵沉默后,阿乌杰罗小心翼翼地问道:

"你和因格力特搞什么了?"

蒙塔巴诺毛发都立了起来。

"米密,这不是我喜欢的话题。"

"但我是在问你你是否知道了有关因格洛的妻子,瓦尼亚的一些事。"

"因格力特知道瓦尼亚有一个情人,但不知道名字。事实上她根本没把她朋友和乃奈·桑菲利普的被杀联系在一起。不管怎样,瓦尼亚已经走了,回罗马尼亚看她生病的父亲了。她是在情人被杀前走的。"

他们马上就到警局了。

"只是出于好奇问问,桑菲利普的小说你读了吗?"

"请你相信我,我没有时间。我浏览了一下。它有点儿奇怪:有些页写得不错,有些页写得不怎么样。"

"你今天下午给我拿来好吗?"

进屋时,蒙塔巴诺注意到在总机室的是卡鲁佐。

"卡塔莱拉在哪儿?我从今早起就没看见他。"

"头儿,他们叫他去蒙特路撒上一个计算机进修课程。他今晚大约五点半回来。"

"那我们如何往下进行?"跟随着上司的阿乌杰罗又问道。

"听着,米密。我从警察总局那儿得到的命令是只能负责处理一些小事。戈利弗夫妇和桑菲利普被杀,在你看来,是大事还是小事？"

"大事。相当大的事。"

"所以不是我们的工作。你帮我准备一份给总局的报告，里面只写事实，我叮嘱你，别写我想的那些东西。这样总局会把任务交给行动队队长，此时，他也该从拉肚子还是什么毛病中康复过来了。"

"我们要把这样热门的案子提供给他们？"阿乌杰罗反对道，"那些人根本不会感谢我们！"

"你这么在乎感谢吗？你还是尽量把报告写得好点儿吧。明天早上你给我拿来，我签字。"

"写得好点儿是什么意思？"

"意思是你应该用类似这样的话润色一下：'到了事先约定的地点'、'而不是'、'从可能的推断来看'、'尽管上述……'。这样他们会觉得是在他们的地盘上，说他们的语言，他们才会重视这件事。"


他放松了一个小时，然后给法齐奥打电话。

"有雅皮基努的消息吗？"

"一点儿都没有，官方信息上他仍然是在逃。"

"那个自焚的失业者怎么样了？"

"好些了，但还没脱离危险。"

加洛又过来跟他讲了一群阿尔巴尼亚人从集中营，也就是难民收容所逃走的事。

"你们找到他们了吗？"

"一个都没找到,头儿。也找不到了。"

"为什么?"

"因为逃脱者和那些在此地扎下根来的其他阿尔巴尼亚人串通一气了。我的一个蒙特路撒的同事坚持认为有一些阿尔巴尼亚人逃回阿尔巴尼亚了。综合考虑,他们发现还是在自己家乡更好。每人花一百万里拉来这儿,又花两百万回去。船夫们总是能挣到钱。"

"这是什么事,玩笑话吗?"

"我觉得不是。"加洛说。

之后电话响了。是因格力特。

"我打电话是给你瓦尼亚的号码。"

蒙塔巴诺写了下来。没就此结束,因格力特继续说道:

"我跟她讲了。"

"什么时候?"

"在给你打电话之前。我们通话了很长时间。"

"你想要和我见一下吗?"

"是,最好是。我也有车了,他们给我送回来了。"

"好,这样你可以给我重新包扎一下。我们一点在圣卡洛杰罗小吃部见吧。"

因格力特的声音有些不对劲,她好像很不安。

在老天爷赐予这个瑞典女人的众多天资当中,还有守时这项优点。他们走进餐馆,警长看见的第一个景象就是一对坐在四人桌旁的情侣:米密和贝巴。阿乌杰罗一下子站起来。尽管他有着一副扑克脸,但还是轻微地脸红了。他做了个手势邀请警长和因格力特坐到他们桌来。又上演了几天前的那一幕,只不过反了过来。

"我们不想打扰……"蒙塔巴诺虚情假意地说道。

"什么打扰不打扰的!"米密更加虚伪地反驳道。

女人们微笑着互相做了自我介绍。她们交换的笑容是真诚的、开朗的,警长感谢上苍。和两个并不合得来的女人一起吃饭应该是一个艰难的尝试。但蒙塔巴诺身为警察的尖利眼光注意到一件令他担忧的事:在米密和贝阿特里切之间有一种紧张感。或者是他的在场令他们尴尬?他们四个人全点了一样的东西:海味开胃菜、一大盘烤鱼。烤鲷鱼吃到一半时,蒙塔巴诺确信了在他的副手和贝巴之间应该是有点儿小争吵,也许被他们的到来给打断了。耶稣啊!需要尽力让他俩和好。他正绞尽脑汁想找出一个解决办法时,他看到贝阿特里切的手轻轻地放在了米密的手上。阿乌杰罗看着女孩,女孩看着米密。几秒钟时间里他们互相沉溺于对方的眼中。和好了!他们和好了!吃饭对警长来说变得更舒服了。

"我们开两辆车去马里内拉吧,"因格力特从小吃部出来时说道,"我得尽早回蒙特路撒,我有事。"

警长的肩膀好多了。给他换包扎物的时候,因格力特说:

"我有点儿困惑。"

"电话吗?"

"是。你看……"

"等会儿说,"警长说道,"我们稍后再谈。"

他正享受着因格力特用来在皮肤上按摩的药膏的清凉感觉。令他愉悦的——为什么不承认呢?——事实上是抚摸着他肩膀、胳膊和胸的女人的手。突然间他意识到他正紧闭着双眼,以至于开始像猫一样发出咕噜咕噜的声音。

"我弄完了。"因格力特说道。

"我们去阳台吧。你想要杯威士忌吗?"

因格力特同意了。有一阵他们都沉默地看着大海。之后是警长先开始说了。

"你怎么想要给她打电话的?"

"嗯,一种突然的冲动,当我为了给你她的号码找明信片时。"

"好吧,你说吧。"

"我一跟她说是我,她好像很惊恐。她问我是否发生了什么事。我觉得很尴尬。我自问她是不是知道了她的情人被杀。但另一方面她从没跟我提过那人的名字。我回答她什么事也没发生,我只是想知道她的消息。于是她跟我说她会离开很长时间,她哭了起来。"

"她跟你解释为什么她要离开了吗?"

"是的。我按顺序给你讲,她跟我讲得很零碎、乱七八糟的。一天晚上瓦尼亚确定她丈夫出城了,要不在家几天时间,她就带她的情人,像以前很多次那样,到桑多利附近的别墅去。当他们睡觉时,他们被进到卧室的某个人叫醒了。是因格洛医生。'看来是真的。'他咕哝着。瓦尼亚说她丈夫和那男孩长久地互相注视着。于是医生说:'你来这边。'他去了客厅。没说什么,那男孩穿上衣服,跟着医生过去了。最令我朋友印象深刻的事情是……总之,她感觉出他们俩认识,而且很熟。"

"等一下。你知道瓦尼亚和乃奈·桑菲利普第一次是怎么遇见的吗?"

"知道,在她走之前,我问她是否恋爱了时她跟我说了。他们是偶然在蒙特路撒的一个酒吧认识的。"

"桑菲利普知道你朋友跟谁结婚了吗?"

"知道,瓦尼亚跟他说了。"

"你继续吧。"

"之后她丈夫和乃奈……瓦尼亚讲到这儿时这么对我说的:'他叫乃奈'……他们又回到了卧室……"

"她确实说了'他叫'?她用了现在时?"

"是的。我也注意到了。她还不知道她的情人被杀了。我刚才说到他俩又回来了,乃奈,他低垂着双目,含糊地说他们的关系是一个严重的错误,错在他,他们不应该再见了。然后他走了。不一会儿因格洛也走了,什么都没说。瓦尼亚不知所措,她对乃奈的漠然感到失望。她决定留在别墅。第二天上午晚些时候,医生回来了。他对瓦尼亚说她得立刻回蒙特路撒收拾行李,她去布加勒斯特的票已经买好了,他次日清晨会开车送她去卡塔尼亚机场。晚上,当瓦尼亚独自在家时,她试着给乃奈打电话,但找不到他。第二天她就走了。对我们这些朋友,她是用生病的父亲作借口解释她的离开的。她还跟我说那天下午,当她丈夫去找她让她离开时,他没有怨恨、发怒、痛苦,而只是担心。昨天医生给她打了电话,建议她尽可能远离这儿多待一些时间。他不想告诉她为什么。这就是全部。"

"但你为什么感到困惑呢?"

"因为,在你看来这是一个丈夫发现了妻子和别人上床,还是在自己家里时的正常举动吗?"

"可是是你亲口对我说他们不再相爱了的!"

"那你觉得那男孩的举止正常吗?从什么时候开始你们西西里人变得比瑞典人还瑞典人了?"

"你看,因格力特,很可能瓦尼亚说因格洛和桑菲利普互相认识是有道理的……那男孩是一个很棒的电脑技术人员,在蒙特路撒诊所的电脑应该很多。当乃奈泡上瓦尼亚时,刚开始他不知道她是医生的妻子。当他知道时,也许是她告诉他了,已经太晚了,他们已经处得火热了。一切如此清楚!"

"呸!"因格力特怀疑地说道。

"你看,那男孩说他犯了个错误。他说得对,因为他肯定得丢掉工作了。医生让妻子离开是因为他担心有闲言碎语和别的后果……你说那两人要是灵机 动,一起跑了呢……所以最好不让他们有这样的机会。"

从因格力特看他的眼神中,蒙塔巴诺明白那女人不信服他的解释。但因为她的个性使然,她也不再问别的问题了。

因格力特走后,他依然坐在阳台上。夜里捕鱼的拖网渔船从港口出发了。他不想想任何事了。之后他听到一个悦耳的声音,很近很近。有人在吹口哨。谁呢?他看了看周围。没有任何人。是他！是他在吹口哨！他一意识到这一点，就再吹不出来了。因此有些时候，就像人格的两重性一样。他也会吹口哨。他笑了起来。

"杰基尔博士和海德先生。①"他咕哝着。

"杰基尔博士和海德先生。"

"杰基尔博士和海德先生。"

说到第三遍时他不再笑了，甚至变得十分严肃。他的前额出了点儿汗。

他把威士忌直接倒满了杯子。


"头儿！啊头儿，头儿！"卡塔莱拉跑到他身边说道，"昨天我就应该亲自把一封信交给您，是古塔达乌罗律师给我的，他对我说我得本人亲手把信给您！"

他把信从衣兜里掏出来，递给了警长。蒙塔巴诺打开了。

"尊敬的警长，您知道的那位，我的客户兼朋友，本想给您写一封信表达他对您日益增加的敬佩感。后来他改变主意了，他请我告诉您他会打电话给您。请允许我，尊敬的警长，致以我最诚挚的问候。古塔达乌罗。"

他把信撕碎了，进到阿乌杰罗的办公室。米密正在写字台边。

"我在写报告。"他说。

---

① 十九世纪英国作家罗伯特·路易斯·史蒂文森写的长篇小说《化身博士》又名《杰基尔博士与海德先生之奇案》，有同名戏剧和电影，在作品中杰基尔博士进行了将人性中的善与恶分离开来的生化实验。

"他妈的!"蒙塔巴诺说道。

"发生什么事了?"阿乌杰罗惊慌地问道,"我不喜欢你脸上的表情。"

"你给我带小说了吗?"

"桑菲利普的那个? 带了。"

他指了指写字台上的一个信封。警长拿起来,夹在胳膊下。

"但是你怎么了?"阿乌杰罗坚持问道。

警长没回答。

"我回马里内拉了。你们别给我打电话。我大概半夜会回警局的,我要你们所有人都在这儿。"

## 十七 《我,机器人》

一从警局出来,跑回马里内拉躲起来读小说的强烈渴望就突然消失了,就像有时风一会儿之前还能把树连根拔起,一会儿之后又消失不见,就像从没来过一样。他进到车里,开向港口。到了那附近,他停下,拿着信封下了车。事情的真相是他没有勇气去读:他害怕在乃奈·桑菲利普的字里行间找到确凿的证明证实他在因格力特走后脑中产生的一个想法。他慢慢地、从容地走到灯塔下,坐在平坦的岩石上。在岩石下半部、和大海相接触的地方生长的绿色茸毛发出很强的辛辣气味。他看了一眼表:还能有一个多小时的光线,如果他想要在那儿开始读的话。然而他还是不想读,他还没准备好。如果最后证明桑菲利普写的东西只是一堆废话,只是因为小学学过分析词句就自以为能写小说的一个业余爱好者挤出来的想象呢?再说,小学现在也不再教写作了吧。就算有必要写,这也会成为代表他多年来变得有多离谱的一个标志的。但手中继续握着这些纸,没有任何解决办法,这让他觉得皮肤上有一种发痒的感觉。也许最好的办法是去马里内拉在阳台上开始读。他可以呼吸到同样的海边的空气。

刚看了一眼,他就明白了乃奈·桑菲利普为了隐藏他真正要说的东西，借助了在拍摄裸体的瓦尼亚时用的同样的方法。那个带子开始时有一段二十分钟的电影《逃亡之路》的内容，而这个小说的前几页复制的是一本著名的小说，阿西莫夫的《我，机器人》的内容。

蒙塔巴诺花了两个小时读完全部小说，越接近结尾，乃奈·桑菲利普讲的事情在他面前越清晰，他的手就越频繁地去够威士忌酒瓶。

小说没有一个结尾，在一句话中间戛然而止。但读到的东西对他来说已经足够了。胸口一阵猛烈的恶心感窜到他的喉咙里。他跑到卫生间，勉强支撑住，跪在坐便前面，开始呕吐起来。他吐了刚喝的威士忌，吐了那天吃的东西，吐了前一天和再前一天吃的东西，他觉得汗湿的脑袋现在已经整个埋在坐便里了，身体两侧感到疼痛，好像他无休止地吐出了他一生中全部的时光，时间继续往后退，他吐出了婴儿时吃的流质食物，当他甚至连母乳都吐出来之后，他还在继续吐出有毒的痛苦、愤怒和单纯的憎恨。

他把住洗手盆站了起来，但两腿很难支撑住。他肯定自己发烧了。他把头伸到打开的水龙头下面。

"做这个职业年龄太大了。"

他躺到床上，合上了眼睛。


没躺多长时间，起来的时候他晕头转向，但击倒他的盲目的愤怒现在已经变成清醒的决定了。他给办公室打了电话。

"喂？喂？这是维加塔警局……"

"卡塔莱,我是蒙塔巴诺。给我接阿乌杰罗警官,如果他在的话。"

他在。

"说吧,萨尔沃。"

"你仔细听我说,米密。现在你和法齐奥开一辆车,我嘱咐你,别用警局的车,你们到桑多利那儿去。我想知道因格洛医生的别墅是否被人监视了。"

"被谁?"

"米密,别问问题。如果它被监视了,肯定不是我们的人。你们要尽量弄清楚医生是独自一人还是有伴儿。你们尽量多花些时间确定你们看到的一切。我之前召集所有人在半夜集合,这个命令取消,不需要了。你们完成桑多利的事后,你就让法齐奥回家,你来马里内拉这儿跟我讲讲事情是怎么样的。"

他挂上电话,可电话又响了。是利维亚。

"你怎么这个点儿就已经在家了?"她问道。

她很高兴,但不只是高兴,可以说是有些喜出望外。

"那你呢,如果你知道这个点儿我从来不在家的话,为什么你要给我打电话?"

他又用一个问题去回答另一个问题了。但他需要拖延时间,否则对他了如指掌的利维亚就该发现在他身上有些不对劲了。

"你知道吗,萨尔沃,在差不多一个小时前我身上发生了一件奇怪的事。我以前从没遇到过,或者说,没这么强烈地感到过。很难解释。"

现在是利维亚在拖延时间了。

"你试着说说看。"

"嗯，就像你在这儿一样。"

"对不起，但……"

"好吧。你看，当我进到家里时，我看到的不是我的饭厅，而是你的，是马里内拉的饭厅。不，这样说不准确，是我的房间，当然，但同时也是你的房间。"

"就像在梦里出现的那样。"

"是的，类似。从那刻起我好像人格分裂了。我在博卡达塞，同时我又和你在马里内拉。这……这很美好。我给你打电话是因为我确定能找到你。"

为了掩藏感动之情，蒙塔巴诺试图开个玩笑。

"事实是你很好奇。"

"好奇什么？"

"好奇我家是什么样的。"

"但我已经……"利维亚反驳道。

她停住了。她突然想起蒙塔巴诺提议的游戏：重新订婚，一切从头开始。

"我很想认识认识你家。"

"为什么你不来呢？"

他没能控制住语气，脱口而出，问了一个真切的问题。利维亚注意到了。

"发生什么事了，萨尔沃？"

"没什么事。一时的坏情绪。一个让人恶心的案子。"

"你真的想要我来吗?"

"是的。"

"我坐明天下午的飞机。我爱你。"

他得消磨时间等着米密来。他不想吃东西,尽管他已经清空了他肠子里一切可能的东西。他的手,几乎不受意志控制地从书架上抓起一本书。他看了一眼书名:约瑟夫·康拉德的《密探》。他记得他喜欢看这本书,而且很喜欢,但他一点儿也想不起来内容了。他经常是要看小说的头几行,或结尾,才能在记忆中打开一块小小的区域,人物、情节、语句才从里面跳出来。"维尔洛克先生清早出来,离开了名义上由他内兄看管的店铺。"小说就是这样开始的,这些话没告诉他什么。"他走着,不被怀疑,如死人一般,就像瘟疫在满是人的街道上横行。"这是最后一句话,告诉他太多东西了。他想起书上还有一句:"对任何事都不要怜悯,包括我们自己,死亡最终是为人类服务的……"他草草地把书放回原来的位置上。不,手并不是独立于他的思想在动的,它一定是不自觉地受他本人,受他身体内的东西指引的。他坐到扶手椅上,打开电视。他看到的第一个画面是集中营的犯人,不是希特勒时代的集中营,而是今天的。因为无论是在看不出来是哪里的世界的某个地方,所有遭受恐怖的人的脸都是一样的。他关了电视,走到阳台外去,待在那儿看海,试着用和海浪同样的节奏呼吸。

是门铃还是电话?他看了看时间,十一点过了,但离米密来还太早。

"喂？我是西纳戈拉。"

巴尔杜乔·西纳戈拉虚弱的声音总是好像要断了，就像一阵狂风中的蜘蛛网一样，不会让人弄错的。

"西纳戈拉，如果您有什么事要告诉我，请往警局打电话。"

"您等一下。怎么了，您害怕吗？这个电话没受到监控。除非它受到您的监控了。"

"您想要干什么？"

"我想告诉您我难受，很难受。"

"因为您没有您最爱的孙子雅皮基努的消息？"

一枪直中要害。巴尔杜乔·西纳戈拉沉默了一会儿，这时间足够让他承受打击，喘过气来。

"我相信我的孙子无论在哪儿都比我要好。因为我的肾不行了。我需要进行移植，否则我就要死了。"

蒙塔巴诺没讲话。他任凭猎鹰盘旋出越来越小的同心圆。

"但您知道，"老家伙又说道，"有多少我们这样的病人需要做这种手术吗？超过一万人，警长。要是遵照排序的话，有人就该等死了。"

猎鹰结束了盘旋，现在他要猛扑向目标了。

"然后需要确定给你做手术的人是信得过的，很棒的……"

"因格洛教授怎么样？"

他先击中了目标，猎鹰拖沓太长时间了。他成功地拆除了西纳戈拉握在手里的炸弹。西纳戈拉绝不会说他再次像操纵木偶一样操纵了蒙塔巴诺警长了。老家伙的反应是真诚的。

"向您致敬,警长,真的向您致敬。"

西纳戈拉继续说道:

"因格洛教授肯定是正确人选。但他们对我说他要关掉在蒙特路撒的医院。好像他也身体不太好了,可怜的人。"

"医生们怎么说?很严重吗?"

"他们还不知道,他们想要确诊后再定治疗方案。嗯,亲爱的警长,所有人都掌握在老天爷的手中!"

他挂了电话。

之后终于,门铃响了。他正在准备咖啡。

"没有任何人监视别墅,"米密进来时说道,"直到半夜过了,我要来这儿的时候为止,他都是独自一个人。"

"但可能就在同时有人去那儿了。"

"如果这样,法齐奥会打手机告诉我的。倒是你马上跟我说为什么突然锁定因格洛教授。"

"因为他们仍然让他处在生死边缘。他们还没定下来是让他继续工作,还是像杀戈利弗夫妇或乃奈·桑菲利普那样杀了他。"

"那么说教授也牵连其中?"阿乌杰罗惊愕地问道。

"牵连其中,牵连其中。"蒙塔巴诺说道。

"谁跟你说的?"

一棵树,一棵撒拉逊橄榄树,这才是正确答案。但米密会把他当成疯子的。

"因格力特打电话给瓦尼亚时她吓坏了,因为肯定有一些事是她不明白的。比如,乃奈跟教授很熟,但却从来没跟她说过。

而她丈夫呢，发现妻子和情人上床不生气，也不痛苦，只是担心。之后，今晚，巴尔杜乔·西纳戈拉也对我确认了此事。"

"上帝啊！"米密说道，"关西纳戈拉什么事？为什么他要告发此事？"

"他没告发什么。他对我说他需要进行肾脏移植，当我提到因格洛教授的名字时他表示赞同。他还告诉我教授身体不太好。这件事你跟我说过，你记得吗？只是你和巴尔杜乔说'身体不太好'的含义不同。"

咖啡好了。他俩都喝了。

"你看，"警长又开始说道，"乃奈·桑菲利普写下了整件事，相当清楚。"

"在哪儿呢？"

"在小说里。他在开头复制了一本有名的书的前几页，之后他讲了他的故事，然后他又加了那本著名的小说的一段，如此反复。是一个机器人的故事。"

"它是科幻故事，因此我觉得……"

"你落入桑菲利普设计的陷阱中了。他的机器人们，他把它们叫作阿尔法715或欧米伽37，是用金属和电路做成的，但它们像我们一样思考，和我们有同样的感情。桑菲利普的机器人的世界是我们的世界的翻版。"

"小说讲了什么？"

"是一个年轻的机器人德尔塔32的故事，他爱上了女机器人伽马1024，而她又是世界闻名的机器人贝塔5的妻子，贝塔5能用新的零件去替换别的机器人损坏的部分。这位机器人外科医生,大家都这么叫,是一个人,对不起,是一个总是需要钱的机器人,因为他有收藏昂贵绘画的癖好。有一天他招致了他无法偿还的债务。于是一个机器人罪犯,一个团伙的头目,向他提出建议。也就是他们给他他想要的钱,只要他能秘密地给他们争取到的客户做器官移植,这些客户都是世界顶级的有钱有势的人,他们没有时间,也不愿意按顺序等待排到他们。机器人教授于是就问怎么可能获得匹配的、能及时弄到的替换零件。他们就跟他解释这不成问题,他们能找到替换的部分。怎么找到?报废一个吻合要求的机器人,从他身上卸下有用的部分。报废了的机器人被扔进海里或埋在地底下。'我们可以为任何客户服务。'叫欧麦克伦1的头目说。'在世界的每个地方,'他解释说,'都有囚犯,在监狱里,在专门的集中营里。在每个集中营都有我们的一个机器人。在这些地方附近都有一个飞机起落跑道。''我们这儿——'欧麦克伦1继续说,'——只是一小部分,我们的组织在全世界范围内工作,它是全球化的。'于是贝塔5接受了。贝塔5的要求会传达给欧麦克伦1,他又将要求传达给德尔塔32,德尔塔32利用一个非常先进的网络系统,把这些要求,我们叫它们手术服务,通知给世界各地。小说到这里结束了。乃奈·桑菲利普没有办法写结尾。结尾,由欧麦克伦1为他写了。"[①]

阿乌杰罗坐在那儿想了很长时间,看上去他还没明白蒙塔巴诺对他讲的故事的全部含义。之后他懂了,脸色变得苍白,他低声问道:

---

① 这一部分提到的阿尔法、欧米伽、德尔塔、伽马、贝塔、欧麦克伦都是希腊字母的读音。

"自然也有机器人小孩啰。"

"当然。"警长确认道。

"在你看来故事会怎样继续下去?"

"你应该从组织这件事的人要承担可怕的责任这个前提出发。"

"当然,死了……"

"不只是死,米密,还有生。"

"生?"

"当然了,那些做手术的人的生命。他们花了吓人的价格,我不是说钱,而是另一个人的死亡的代价。如果事情让人知道,无论他们身居何位都得完蛋,不管他是政府首脑、经济巨头还是财团大鳄。他们将永远失掉脸面。因此,在我看来,事情是这样的。一天有人发现了桑菲利普和教授妻子之间的关系。瓦尼亚从这时起,对整个组织来说就是一个危险的存在。她成为了外科医生和黑手党组织之间的潜在联系。而这两件事必须绝对分开。怎么办?杀了瓦尼亚?不行,教授会被置于调查的中心,因为犯罪消息会登上各大报纸……最好是关闭维加塔的总部。但首先他们告诉了教授有关妻子背叛的事:他应该从瓦尼业的反应中了解那女人是否知道什么事。然而瓦尼亚什么都不知道,她就被送回本国去了。组织切断了所有可能指向她的路,戈利弗夫妇、桑菲利普……"

"为什么他们不把教授也杀了?"

"因为他可能还有用。他的名字,就像广告里说的那样,是对客户的一种保障。他们想等着看看事情解决得怎样。如果解决得好,他们会让他回来工作,否则就杀了他。"

"你想做什么?"

"我能做什么?目前什么都做不了。你回家吧,米密。谢谢。法齐奥还在桑多利?"

"是的。他在等我的电话。"

"你给他打电话吧。告诉他可以回家睡觉了。明天早上我们再决定如何继续监视。"

阿乌杰罗跟法齐奥说了。然后他说:

"他回家了。没有新消息。教授还是一个人,他在看电视。"

半夜三点钟,因为外面天凉,警长穿上了一件厚夹克。他上了车开走了。之前他假装是出于单纯的好奇心让阿乌杰罗详细告诉了他因格洛别墅的确切位置。去的过程中,他反复在想听他讲了器官移植的事之后米密的态度。他自己的反应是那样,几乎像中风一样,而阿乌杰罗尽管脸色发白,但之后没显得太心烦意乱。是自控力?缺乏敏感?不,原因肯定更简单:年龄的差异。他五十岁,米密三十岁。阿乌杰罗已经准备好迎接千禧年①了,而他是永远也准备不好了。就是这样。阿乌杰罗知道他很自然地在进入一个无情的犯罪的时代,这些罪案由匿名者操纵,他们有一个网址,一个网络上的地址或是任何类似的东西,但绝不会露脸、眼睛或表情。不行了,现在他太老了。

他停在距离别墅二十米远的地方,关掉车头灯后待在那里

---

① 本书写于1999年,首次出版于2000年。

不动。他用望远镜仔细地看。从窗户里透不出一丝光来。因格洛医生应该已经去睡觉了。他从车里出来，轻轻地走近别墅的栅栏门。他又一动不动地待在那儿十来分钟。没有人上前，没有人从暗处冒出来问他想干什么。他拿着小手电筒查看大门的锁孔。没有警报器。怎么可能？之后他想到因格洛教授并不需要保安设施。他有的朋友中，只有可怜的疯子才会想到去打劫他的别墅。不一会儿警长就打开了锁。里面有一条宽阔的大道，两边都是树木。花园自然是被打理得井然有序。没有狗，要不然这时早该攻击他了。他很容易地用撬锁工具打开了入户门。一个宽敞的门厅通向全是玻璃窗的客厅和其他房间。卧房都在楼上。他爬上用厚实、柔软的地毯覆盖的豪华楼梯。第一间卧房里没有人。而旁边的那间有人，有人在沉重地呼吸。他用左手去摸索电灯开关，右手握着手枪。还没来得及，一张床头柜上的灯亮了。

因格洛医生躺在床上，穿戴整齐，包括鞋子。看到一个陌生人，甚至是拿着枪的陌生人进到房间，他也没流露出一丝惊讶。他肯定在等待。房间里有闷热、汗臭、陈腐的味道。因格洛教授不再是警长记忆中在电视上见过两三次的那个人了：他胡子长了，眼睛通红，头发都立了起来。

"你们决定杀我了？"他轻声问道。

蒙塔巴诺没回答。他还站在门口，拿手枪的那只胳膊垂在体侧，但武器仍然可以被清楚看到。

"你们正在犯一个错误。"因格洛说道。

他向床头柜伸出一只手——蒙塔巴诺认出了这个床头柜，他在裸体的瓦尼亚的拍摄中看到过——他抓起上面的杯子，长长地喝了一口水。水洒到他身上一点点，他的手在颤抖。他放好杯子，重新说起来。

"我对你们还有用。"

他把脚放到地上。

"你们到哪里去找一个像我这么棒的人？"

"更棒的也许没有，但更正直的有。"警长想，但他什么都没说，任凭对方自说自话。但也许最好是给他一下。教授站了起来，蒙塔巴诺慢慢地举起手枪，对准了他的脑袋。

这时事情终于发生了。就像有人切断了拽住他的看不见的绳索一样，那人跪倒在了地上，双手合十开始祈求。

"发发慈悲吧！发发慈悲吧！"

慈悲？他向那些被屠宰，确实是被屠宰的人展现的那种慈悲吗？

教授哭泣着。泪水和唾沫让他下巴上的胡子闪闪发光。这是警长想象中的康拉德小说的人物吗？

"我可以给你钱，如果你能放我走的话。"他低声说。

他把一只手放进衣兜里，拿出一套钥匙，把它们递给一动不动的蒙塔巴诺。

"这些钥匙……你可以拿走我所有的画……这是一笔财富……你会变成有钱人……"

蒙塔巴诺再也忍不住了。他上前两步，抬起脚，直踢向教授的脸。对方向后倒下，这回他大喊道：

"不！不！这不行！"

他用双手捂住脸，鲜血从断了的鼻子中流出，流到他的指间。蒙塔巴诺又抬起了脚。

"够了。"一个声音在他身后说道。

他猛地转身。门口站着的是阿乌杰罗和法齐奥，两个人手里都拿着枪。他们互相看了看，都心领神会了。表演开始了。

"警察。"米密说。

"我们看见你进来的，坏蛋！"法齐奥说道。

"你想要杀了他，嗯？"米密演着。

"扔掉手枪！"法齐奥命令道。

"不！"警长大喊。他抓住因格洛的头发，把他拽起来，用枪顶住他的太阳穴。

"你们要是不离开的话，我就杀了他！"

好吧，这种场景是在某些美国电影中反复看到过，但最重要的是他们即兴表演的方式令他们得意。这时，就像按剧本上写好的一样，该轮到因格洛讲话了。

"你们别走！"他乞求道，"我把一切都告诉你们！我要忏悔！你们救救我！"

法齐奥跳上前抓住蒙塔巴诺，而阿乌杰罗则按住了因格洛。法齐奥和警长假装争斗了一番，之后前者占了上风。阿乌杰罗掌控着形势。

"铐住他！"他命令道。

但警长还需要给出一些指令，他们要绝对执行，遵循同样的剧本演下去。他抓住法齐奥的手腕，而法齐奥好像是被突袭到而丢掉了手枪。蒙塔巴诺开了一枪震慑他们后逃跑了。阿乌杰罗松开紧抓住他肩膀哭泣的教授，快速追了出去。蒙塔巴诺跑到楼梯底下时，在最后一级台阶上绊倒了，脸朝下趴在了地上，擦枪走火又开了一枪。米密一边仍然喊着"站住，不然我开枪了"，一边帮蒙塔巴诺站起来。他们从房子里走出来。

"他该拉裤子了。"米密说道，"他被整了。"

"干得好！"蒙塔巴诺说，"你们把他带回蒙特路撒总局。在去的路上，你们要停几次车，假装看看周围，就好像你们担心有埋伏一样。等他到了总局面前时，他会交代一切的。"

"那你呢？"

"我逃跑啊。"警长说着又向空中补开了一枪。

在回马里内拉的路上，他改变了主意。他调转车头，朝蒙特路撒开去。他上了外环路，最后停在德·加斯佩利街38号前面。这里住着他的记者朋友尼可洛·继多。在按内部通话按钮之前，他看了眼时间。几乎是凌晨五点钟。他长按了三下，之后听到了尼可洛半睡半怒的声音。

"我是蒙塔巴诺。我要跟你谈谈。"

"你等我下来，否则你会吵醒整座房子的人的。"

不一会儿，蒙塔巴诺就坐在一个台阶上，向他讲述起整件事来，而继多则时不时地会打断他。

"你等等。噢基督啊！"他会说。

他需要一些停顿，整个故事让他喘不上气来。

"我应该做什么？"警长讲完时他才问道。

"就是今早你搞一个特别报道。你含糊一点儿说。你就说因格洛教授向警局投案自首，因为他好像被牵连进了一宗不清不白的器官非法交易中了……你要散布这个消息，让它能传到各大报纸以及国家网络上去。"

"你有什么担心吗？"

"我怕他们会把整件事压下来。因格洛有一些非常重要的朋友。再帮我个忙。在一点的报道中，牵出另外一个故事来，你还是含糊一点儿说，逃犯雅各布·西纳戈拉，也叫雅皮基努，据说被人杀死了。他好像也参与了因格洛教授所受命的那个组织。"

"但这是真的吗？"

"我想是。我几乎可以肯定这就是他的祖父，巴尔杜乔·西纳戈拉让人杀了他的原因。请注意，并不是出于什么道德良心的不安。而是因为，他的孙子仗着与新黑手党的勾结，想在适当的时候清理掉他。"

当他能去睡觉时已经是早上七点了。他决定整个上午都睡觉。下午他要去巴勒莫接从热那亚来的利维亚。可他只睡了两个小时，之后电话就吵醒了他。是米密。但倒是警长先讲了话。

"为什么昨晚你们跟踪我，我分明……"

"……你分明是企图蒙蔽我们吗？"阿乌杰罗接道，"但是萨尔沃，你怎么能以为法齐奥和我不明白你想什么呢？我命令法齐奥不要离开别墅附近，就算我取消了命令也不要离开。迟早你会来的。当你出了家门，我就跟在你后面。我们干得很好，我觉得。"

蒙塔巴诺接受了这种说法，他改变了话题。

"事情怎么样了？"

"简直他妈的喧嚣极了,萨尔沃。所有人都跑过来了,局长、总检察官……教授讲啊讲的……他们都无法让他停下来……我们稍后在办公室见,我再全讲给你听。"

"我的名字没透露出来,对吧?"

"没有,你放心。我们解释说我们偶然间从别墅前面经过,看见栅栏门和入户大门都敞着,就产生了怀疑。只可惜杀手成功逃脱了。晚点儿见。"

"今天我不去办公室了。"

"事实是,"米密尴尬地说,"明天我不来了。"

"你去哪儿?"

"去廷达里,因为贝巴要去那儿工作……"

可能,在旅途中,他也会买一套厨具吧。

说到廷达里,蒙塔巴诺想起了那个小小的、神秘的希腊剧场,呈粉红色手指形的海滩……如果利维亚能多待几天的话,去廷达里郊游未尝不是件好事。